アメリア・アドラー/著
鮎川 由美/訳

凍った愛がとけるとき
Nurse's Date with a Billionaire

扶桑社ロマンス
1655

この本を、わたしの書くものならなんでも読んでくれる母と、この献辞を自分の目で見る前に確実に母から聞かされる父へ捧げます。

愛とは何かを教えてくれてありがとう。

凍った愛がとけるとき

登場人物

カリスタ（カリ）・ミッチェル――看護師
クレイグ・ワトソン――記憶喪失の救急患者。イギリス人
アシュリー・ミラー――看護師。カリの親友
スティーヴン――建築業。アシュリーの夫
ベッツィ――カリの上司
フレッド――カリの父
キャンディス――カリの母
コーディ――カリの弟
エラ／マーシー――カリの妹。双子
フィリップ――クレイグの父
マギー――クレイグの母
バーナデット（バニー）・マッキンジー――大富豪の令嬢
ブルース・カーメン――病院の管理責任者

1

集中治療室(ICU)勤務について三日目にもなると、カリはほぼどんなことに対しても心構えができたと感じた。カートのどこにどの薬品が入っているかはすべて把握済みだし、緊急点滴の投与量だって全部頭に入っている。同僚の看護師に関しても、相手の好きなことと嫌いなこと、子どもやペットの名前、ランチでよく行くお気に入りの店など、ひととおりインプットしてあった。そんなカリでも、十三号室の患者についてはなんの準備もできていなかった。

彼は扱いやすい患者に見えた。通りで意識を失って倒れているところを発見され、運ばれてきた患者だ。到着後も昏睡(こんすい)状態が続いているものの、体に問題はなさそうだった。ＣＴスキャンは異常なし。骨折、内出血もなし。血液検査は驚くほど正常だ。彼は気管への挿管すらされなかった。実際、ＩＣＵに入るほどではなかったのだが、たまたまベッドがひとつ空いていたので、緊急救命室(ER)の医師が念のためにと主張したのだ。この患者が抱えている唯一の問題は、目覚めそうもないことだった。

それでもカリは、当然ながら油断せずにこの患者に気を配っていた。これまでずっと優秀な看護師で通ってきたのだ、昇進してICU所属となったあともそうでありたい。それにオフィーリアが十五号室の患者を移動させるのに手を貸そうと、ほんの一瞬病床を離れたときも、彼はなんの問題もなく完全なる昏睡状態のままで、危険な兆候はかけらも見られなかった。

だから、たった二分間病室を離れていただけで上役のベッツィから呼ばれたときは、びっくりしたし、むっとした。とはいえベッツィの怒りを買いたくはないので、カリは急いで十五号室から出てきた。

「なんでしょうか?」

ベッツィは腕組みをしていた。「カリスタ、来てくれてよかった。あなた、ここのフロアの患者を誰か担当していたわよね?」

ベッツィに正式な名前で呼ばれるたび、カリはぞっとした。返事をしようと口を開きかけ、動きを止めた――いまのは明らかに皮肉だが、なぜそんなことを言われたのか見当もつかない。今朝、カリのコーヒーマグの蓋がゆるめられていて、中身が半分ほどシャツにこぼれたけれど、誰がなんの理由でそんなことをしたのか見当がつかなかったように。どうやら、あれがこのフロア流の歓迎らしい。

「何かありましたか？」カリは嫌味っぽくない、落ち着いた声で問いかけた。

ベッツィは芝居がかったため息をついてから、廊下の先を指差した。カリがその指先を追うと、ガウン型の病衣を着た人物が角を曲がって消えるところだった。カリは廊下を駆けだし、息を殺してつぶやいた。「もう、嘘でしょ」患者が病衣一枚の姿で、ちょうどそこにいたドクター・コナーに近づき、医師の肩をぽんと叩いた。

「失礼、ぼくのズボンを見かけなかったかな？」

ドクター・コナーはいぶかしげな顔で患者を振り返った。「いいえ、サー。見た覚えはありませんね」

「そうか、まいったな」患者は医師の肩を叩きながら言った。

患者がそれ以上何か言う前に、カリは進みでた。「よかったわ、目が覚めて。体も動くようね。だけど、いったん自分の病室へ戻りましょうか」

男性が驚いた様子で振り向いた。「おや、こんにちは！　ぼくのトラウザーズを知っているかい？」

カリはナースステーションから放たれる険悪な視線を避けようとした。「ええ、全部説明するから、一緒に来てもらえるかしら」患者の肩に手をのせ、病室へと誘導しようとしたが、彼は肩を引いて彼女の手をするりと逃れた。

「ちょっと待ってくれ、ぼくはただ――」

「こっちよ、クレイグ」彼女はぴしゃりと言った。

「悪いが、ミス、人違いじゃないかな。ぼくはここにはただ立ち寄っただけで、行くべき場所がわからなくなってしまったみたいなんだ」

カリはぴたりと動きを止めた。昏睡状態の患者が奇跡的に目覚めたと思ったら脱走し、ICUの真ん中で口答えしてくるなんて、面目丸つぶれだ。目の前に立つ患者は裸足（はだし）で、後ろ開きの病衣からのぞく尻をみんなにさらしかけながら、人違いをしているのはそっちだと彼女に主張している。あまりのばからしさに大声で笑いだしそうになったが、ベッツィはカリの手際の悪さを吹聴（ふいちょう）し、やっぱりICUには向いていないと断ずるのだろう。

患者がすたすた歩み去ろうとするので、カリは深く息を吸いこんだ。ベッツィにばかにされてたまるものですか。自分は優秀な看護師だ。そして優秀な看護師は、時と場合に応じて命令口調を駆使する。

「そんな格好で外へ出たら凍死するわよ。こっちへ来て。ほら」

患者は彼女の口調の変化に驚いた顔で振り返った。「怒ることはないのに」

カリは男性の肩をしっかりつかみ、廊下を引っ張っていった。

彼は歩きながらしゃべり続けた。「そのクレイグって男を見つけたら、ぼくのトラウザーズをどうしたのか聞きだせるかもしれないな」

「ここに」病室のベッドに座るよう身振りで示す。

「いやいや、けっこうだ。こう言ってはなんだが、その毛布は暑苦しくて。それに、ここは機械がうるさくてかなわない。ひどい頭痛がするんだ」

カリはカートにのっているパソコンを引き寄せた。「どうやってここへ運ばれてきたのか、覚えてる？」

彼は病室の家具を怪訝(けげん)そうに見まわした。「覚えていないな」

「今年が何年かはわかるかしら？」

「もちろんわかるさ」

カリはにっこりした。「じゃあ、何年？」

正しい答えが返ってきた。

「正解。何月かもわかる？」

彼は窓へ目をやった。「一月」

「いいわね。それじゃ、あなたの名前は？」

男性は口を開けたあと、眉根を寄せた。「おかしいな、それだけは頭からすっぽり抜け落ちたみたいだ」

「座って」カリは言った。「先生を呼んでくるわ、きちんと調べてもらいましょう」

「いや、頼むからそれはやめてくれ。自分の名前を言えなかったくらいで注射されるのはごめんだ」

彼女は微笑(ほほえ)んだ。「心配しないで、いくつか質問されるだけだから」

「本当に、まったくもってぼくは大丈夫だ。だからここにいる必要は――」

「座って！」カリに指を差され、患者は顔をしかめて言われたとおりにした。

彼女は廊下に顔を突きだし、同僚のオフィーリアを手招きした。

「ドクター・コナーを呼んできてもらえる？　十三号室の患者が目を覚ましたと伝えて」

「了解！」

ドクター・コナーは昔ながらのやり方を重んじる医師なので、患者から直接話を聞きたがるのはわかっていた。医師が来るまでの数分間、カリはあの手この手を駆使してなんとかクレイグを足止めした。

「おはよう」挨拶をしながら医師が入ってきた。「わたしはドクター・コナー。さっき廊下で話しかけてきたのは、やはりあなたでしたか」

「おはようございます、ぼくは……クレイグだ」

「ああ！　どうもはじめまして、クレイグ」

カリは笑みを押し殺した。彼は自分の名前を思いだしたのだろうか？　それとも話を合わせているだけ？　ドクター・コナーはそれから数分かけて彼にいくつか質問したあと、現状を説明した。

「それでは、クレイグ、まだ状況がわかっていないようだから説明すると、あなたは事故に遭ったんです。具体的に何があったのかははっきりしていません。あなたは歩道で倒れているところを救急医療隊員に発見されました。発見時には財布と靴はなくなっていて、身元がわかるものはこれだけでした」

ドクター・コナーはぴかぴかのマネークリップを差しだした。

「〝クレイグのキャッシュ〟と刻まれている」患者はマネークリップの文字を読みあげた。「ハッ！　ずいぶん気が利いていると思わないかい？」

カリはあきれて目をぐるりとまわしそうになるのをこらえた。気が利いているというより、うぬぼれている。

「あなたは記憶障害を起こしているようだ。それにすり傷と打撲傷から判断するに、頭部に外傷を受けています。深刻なけがではありませんが、その後、内出血を起こしていないか、もう一度CTを撮りましょう。記憶障害がいつまで続くかはなんとも言えないところですが、それをのぞけばあなたはなんの異常もなさそうだ。おそらく数日から数週間で自然と記憶は戻るでしょう」

クレイグはうなずいた。「ええ。気分はもうすっきりしている。ところで、ひとついいですか、ぼくがいるここは、正確にはどこなんでしょうか?」

「マディソン市です。ウィスコンシン州のマディソン」

「ああ、なるほど。思ったとおりだ」

ドクター・コナーは微笑んだ。「ほかにわたしが答えられる質問はありますか?」

「いいえ」クレイグは立ちあがって手を差しだした。「大変助かりました。これ以上ご迷惑をおかけしたくないので、ぼくは失礼させてもらいます」

ドクター・コナーは握手を交わすと、カリに顔を向けて声を低めた。「また脱走される前にICUから移そう」

カリは笑みを浮かべた。「それがいいですね、ありがとうございました、ドクター・コナー」パソコンへ向き直って、患者の情報入力を終わらせる。

「きみにもいろいろ助けてもらって感謝するよ。もうすっかりよくなったから、ぼくはこれで――」

「だめよ」カリは彼とドアのあいだに割って入った。「座って。あなたを一般病床へ移す手続きをするわ。それが終わったら、それが終わったあとでないと、あなたのパンツを返せないの」

「ぼくのパンツ？　ああ、トラウザーズのことか。そのことだがミス……？」

「名前はカリよ」

「ミス・カリ。ぼくの言葉からして、どうもここはぼくの故郷ではないらしい」

彼女はうなずいた。「そうみたいね、クレイグ」

「これは頭を打ったせいで言葉が変わったケースかな？　昏睡状態から目覚めたらベトナム語を話しだしたとか、十五世紀のイタリア語を話しだしたとか、イギリス英語になっていたとか、そういう事例を耳にしたことがある。ぼくの場合もそのケースに当たるんだろうか？」

「わたしはそうは思わないわ、クレイグ」

「ということは、ぼくはイギリス人である可能性が高い？」

カリはうなずいた。「おそらくそうでしょうね、クレイグ」

「なるほど」彼は背筋をしゃんと伸ばした。

「朝食を食べてもいいか、先生に確認してくるわ。また歩きまわっているところをわたしにつかまえさせないでね」

彼はにこやかに微笑んだ。「さっきは迷惑をかけて申し訳なかった！」


カリは病室をあとにしたが、十三号室の入り口に目を光らせていた。朝食を出しても大丈夫だと言われたものの、通常の注文時間を過ぎていたのでカフェテリアに連絡し、トレイを運んでもらうよう手配した。一般病床への移動を申請したあと、ナースステーションで落ち着いた。これでやっとコーヒーが飲める。

「治療エリアでは飲食禁止よ」きつい声が背後から飛んできた。

カリは歯を食いしばった。「ごめんなさい、ベッツィ。気がつかなくて」

「あなたたち病棟看護師はいつも患者の前で食べたり飲んだりしているの？」

「いいえ」カリは冷静に返した。「だけどちょっぴり規則を曲げることはあったわ。休憩室はナースステーションから遠いでしょう」

「ここでは規則を曲げるのはなしよ。人目があろうとなかろうと規則は順守して」

カリはにこりと笑った。「マグを片づけてきます」

ベッツィが腕組みをする。「それと、二度と患者を見失わないよう気をつけてちょうだい」

「以後気をつけます！」元気よく返事をし、ベッツィがゆっくりと歩み去るのを見送った。

オフィーリアがナースステーションに入ってきた。「ねえ、彼女のことは気にしちゃだめよ」

「嫌われちゃったみたい」

「彼女に好かれてる人なんかいないわ」オフィーリアが返した。「グチグチ言われているのはあなただけじゃないから。それより、患者さんの具合は？」

「すっかり元気になったみたい。でも、軽い記憶障害を起こしているわ」

「あらら。原因はドラッグ？　それともアルコール？」

「どっちも違う」カリは言った。「彼の体からはドラッグもアルコールもいっさい検出されていないもの。ドクター・コナーによれば、おそらく頭部の外傷が原因だろうって」

「わあ！　本当にそんなことがあるのね！」

「そうみたい。しかも、彼はイギリス英語を話すの」

「嘘！　昏睡状態から目覚めたらそれまでとは違う言葉を話すようになってたってい
う、あれ？」
カリは小首をかしげた。「彼にも同じことをきかれたわ。わたしの返事はノー。彼
は単に、イギリス人なんだと思う」
「ああ、そうよね、外国語アクセント症候群なんて都市伝説よね」オフィーリアは笑
っていた。
カリは微笑みながらも、病室の入り口からは目を離さずにいた。「病床の移動を申
請したから、すぐにより適切なフロアへ移せると思う」
「よかったわね」
「ええ」カリは言った。
「さてと、あたしはもう行かなきゃ。でも、手助けが必要なときはなんでも言って」
「ありがとう、オフィーリア」
カリはパソコンへ向き直り、仕事に集中しようとした。まだぴりぴりしている神経
をなだめるために、事実を列挙した。まず、クレイグの身には何も起きていない。彼
は無事だ。別のフロアや建物の外にまで出ていったわけではない。それに、コーヒー

マグの蓋をゆるめた犯人はベッツィである可能性がいまやぐんと高まった。たぶん、カリを懲らしめるためだ。三つ目に、クレイグはもうすぐ別のフロアへ移されてカリの人生から姿を消し、彼女は本当に助けを必要としている次の患者に集中できる。脱走魔のクレイグと関わることは二度とないだろう。

2

ＩＣＵを出たクレイグはふたり部屋に入れられ、やたらとひどい咳をする老人と同室になった。どんな病気を患っているにしろ、うつされてはたまったものではない。老人とひと晩過ごした翌朝、クレイグは医師と話をしたいと看護師に伝えた。

「おはよう、クレイグ、今日の調子はどうかしら？」

「ハロー、ドクター・リンド！　おかげさまで元気そのものですよ。記憶もどんどん戻ってきている」

「記憶が？　それはすばらしい知らせね」

「ええ、それはもうはっきりと思いだしました。チンピラにからまれて財布を出せと言われたんです。最後に覚えているのは、パンチが顔面に飛んできたところだ」

「なるほど。頭痛はどう？」

「もう痛みはありません。健康そのもの、どこも悪くない。ラストネームだって思いだしました。名前は……ダニエル」

「ダニエル？」

しまった。これでは単に俳優ダニエル・クレイグの姓名をひっくり返しただけだ。実際には自分のラストネームは――少なくともいまはまだ――思いだしていなかった。それでもジェームズ・ボンド役が誰かは知っている。

「ダニエルズだ」急いで言い直し、最後の〝ズ〟を強調した。「近くのホテルに滞在していたんです。ホテルへ戻れば新しいルームキーを渡してもらえるはずだ」

「ああ、それはよかった。診療記録係がカルテの補足のためにあなたから話をうかがうことになると思うけど……それがすんだら、今日の午後には退院できるわ」

「うれしいな。ありがとうございます、先生」


ドクター・リンドはあっという間に病室から出ていった。拍子抜けするほど簡単だった。誰も嘘を見抜けないのか？　自分が本当は何者なのかはじきに思いだすだろう。もちろん、思いだすのは早ければ早いほどいいが、病人たちに囲まれて時間を無駄にすることはない。

クレイグは残っていた服を返してもらった。襲撃者は財布だけでなく、靴まで盗っていったらしい。よほど上等な靴だったのだろうと、彼は肩を落とした。クレイグ・ダニエルズを探しに来た診療記録係から高額の医療費を請求される前に、新しい靴を確保しなくては。

ようやく病衣から着替えたあと、廊下へ出て担当の看護師を見つけだした。

「リサ、ちょっといいかな？」

彼女はこっちへ近づいてくる前に顔を赤らめたように見えた。「何かしら？」

「リサ、きみはまだ聞いていないかもしれないが、たったいまドクター・リンドからすばらしい知らせがもたらされたんだ、ぼくはもう退院していいそうだ。ただ、襲われたときに靴を盗まれたらしくてね。どこかで靴を借りることはできないかな？」

リサはぱっと顔を輝かせた。「ええ、もちろん。患者さん用に寄付された服とかがあるの――そうね、サイズを教えてくれたらここへ持ってこさせるわ」

彼はうなずいたが、靴のサイズも覚えていなかった。「ありがたい。ぼくのサイズは……ああ、でも英国サイズか。換算の仕方がわからないな。ぼくが行って、自分で直接選んでもいいかい？」

「まあ、そうよね、配慮が足りなかったわ！」リサはくすくす笑った。

クレイグは笑みをひらめかせた。どうやら自分は彼女の心をとらえているらしい。

もともと女性の扱いがうまかったのか――それともイギリス英語のおかげか？

「気にしないで」彼は言った。「ぼくはもう普通に歩きまわれる。悪いところはひとつもない！」

リサは人さし指を振った。「それはどうかしら。待ってて、誰か呼んでくるから。コートもいるでしょう？」

「ええと――そうだね」そうだ。ここは真冬のウィスコンシンだった。彼を襲ったやつはコートもはぎ取ったのだろう。クレイグはそこではたと気がついた――通り魔にやられたわけではなく、自分自身がターゲットだったのだとしたら？　自分はなんらかの犯罪に関わっていたのか？　裏社会の人間とか？　あるいはスパイで、ボンドみたいな英国秘密情報部（MI6）のエージェントなのかも？　だとしたらクールだ。

実際、襲われたときの記憶はなかった。自分の職業も、自分が何者なのかもまったく覚えていない。愉快になってくるほどだ――なんとおもしろいゲームじゃないか。

「時間をちょうだい。あなたが選べるように服と靴を手配するわ、いい？」

クレイグはもう一度彼女に微笑みかけた。「ありがとう、リサ」

病室へ戻ると、同室の老人の姿が見当たらなかった。しかしトイレから聞こえた物音で、老人はどうしたのかという疑問はすぐに解決した。クレイグはトイレのドアへしかめっ面を向けた。相部屋は断じて自分の好みではないな。これならハイテクな個室のICUのほうがまだましだ。あそこの看護師は彼に少しも優しくなかったが。

それどころか、なかなか厳しくされた。話しかけても、顔を赤くすることも、くすくす笑うこともまったくなかった。もっとも、あのときはまだ彼も病衣姿で動きまわっていた。いまなら彼女もなびいてくれるだろうか？　いや――それはないな。彼女は目をみはるほどの美人だったから、男をなびかせるほうだ。記憶喪失のイギリス人など眼中にないだろう。

およそ一時間後、ボランティアのスタッフがやってきて、クレイグが好きに選んでいいと、寄付されたさまざまな男性用衣類や靴をいくつか見せてくれた。満足のいく選択肢ではなかったものの、ややくたびれてはいるがそれをのぞけば品質はそこそこの革製チャッカブーツを彼は選んだ。それよりも問題はコートだった――どれもこれも不格好なダウンのフードつき防寒コートばかり。この街では趣味の悪い雪男ファッションでみんな出歩くのだろうか？　選んだ一着はどう見てもスキー用だが、クレイグはボランティアに礼を言った。

いささか後ろめたさは感じるが、こっそり抜けだすのが一番だと彼は判断した。彼がいなくなる前に会計へ連れていかなかったことで、リサがあまり責められないよう祈ろう。金はあるはずなのだ――どこかに。あるに決まっている。たぶん。支払いは自分が何者か発見したあとでできるだろう。しかし口から肺を吐きだしそうな勢いで咳きこむ老人と同室では、思いだせるものも思いだせない。

クレイグは顔を伏せ、誰にも気づかれないよう病室から抜けだした。一分ほど廊下を歩いていくと壁に突きあたり、そこからどっちへ向かえばいいのか彼には見当がつかなかった。

「迷っているようだけど、どちらへ行かれるんです？」

ぎくりとして、受付の奥から声をかけてきた女性を振り返る。「あの、ええ、すみません。リフトを探していて」

彼女は一瞬、眉根を寄せた。「どこへ行きたいのかしら？」

「家に戻るところなんです」自分の病室に背を向けて言った。

「ああ」彼女は小さな笑い声をたてた。「リフトって、エレベーターのことね」

「そう、エレベーター」アメリカではリフトはエレベーターと呼ばれることも知らない男が世界を股にかけて活躍するスパイである可能性はどれくらいだ？　彼の正体が現実世界のボンドというのはあり得なさそうだ。

「ここを左へ曲がったらエレベーターがあるわ。二階でおりて。そこがロビーだから。一階まで行っちゃだめよ、それだと地下に出ちゃうわ」

「了解、どうもありがとう」クレイグは急いで言って歩み去った。

エレベーターまでは問題なくたどり着いた。乗りこんで二階のボタンを押し、ドアが閉まるとほっと安堵の息をついた。中を見まわして防犯カメラを確認するのを忘れたことに気づいた――とはいえ、まさかどこにでもカメラが設置されているわけじゃないだろう？　おそらくロビーだけで、それに彼が消えたことに気づいた者はまだいないはずだ。

エレベーターのドアが開き、脱出成功のチャンスが見えてきた。あとは売店と人のまばらな受付の前を通り過ぎればいいだけだ。彼は人が行き交うロビーへと足を踏みだし、見舞い客やスタッフのあいだを縫って進んだ。玄関口へ到着すると、ガラスドアがさっと開き、凍てつく大気の中へと彼を解放した。

間違いなく極寒だ。こうなるとダウンコートのありがたさが身にしみる。彼はそこで自分の計画の穴に気がついた――ここがどこかも、これからどこへ向かえばいいのかも、よくわかっていないのだ。中へ引き返して受付で情報を得ることも考えたものの、やめておいた。ふたたび街を歩けば、そのうち何もかも思いだすに決まっている。

彼はこっちだと感じる方向へ自信たっぷりに足を踏みだした。

一時間ほど歩いたところで（もっとかもしれないが、時間を把握するすべはなかった）、間違った方向に進んだように思えてきた。ビルがどんどんまばらになり、歩道が途切れているせいで、道路沿いを歩くのが難しい箇所もあった。前方の歩道で人が五人固まっているのが目に入り、声をかけてみることにした。

「すみません、みなさんは何をお待ちなんです？」

男性が当惑気味に振り返った。「バスを待ってるんです」

「なるほど！　バスか！　すばらしい。行き先は？」

「それは」男性は何かの勧誘かと明らかにいぶかしみながら、ゆっくりと返した。

「バスは一本じゃないんで」

「それはそうだ。街へ行くバスはありますか？」

「ダウンタウンへ？」

「そう」クレイグはうなずいた。「ダウンタウンへ」

「それならもうすぐ来ますよ」

「ああ、それはよかった」バス代がないことにふと気づいた。「すみませんがもうひとつ——バスの料金はいくらかかな？」

男性は肩をすくめた。「さあ。自分は定期券なんで」一歩さがり、ヘッドフォンを耳へ戻す。

クレイグはつかの間立ちつくした。これは問題だ。バス代を恵んでもらう気はさらさらないとはいえ、このバス停を終の棲家にしたくもない。

バスが近づいてきて、何人かが乗車するために列を作った。バスが停まり、前方と後方両方のドアが開いて五、六人がおりてきた。歩道で後部ドア近くに立っていたクレイグの前にチャンスが転がってきた――さっと乗りこみ、立っている乗客の中にまぎれこむ。

ドアが閉まってバスが発車した。立っている乗客がこれだけいたら、車内の後方で起きていることは運転手からはよく見えないだろう。完璧だ。

バスに揺られているうち、景色が変わってきた――ビルが増え、人通りも多くなっていく。キャピトル・スクエアでどっと人がおりたので、クレイグもどうせならとそこで降車した。

そこはとても魅力的なエリアで、彼の記憶を揺り起こしてくれそうな場所にたどり着いた手応えがあった。誰か彼が発見された場所を教えてくれさえすれば、そこへ戻って見覚えのあるものを探すことができるのに。ちょっと考える時間があれば、すべての記憶がよみがえるはずだ。

腹がぐうと鳴った。病院で朝食をとったのは何時間も前だし、かなり歩いた。自分が何者かを思いだす前に、腹ごしらえが必要だ。

3

シフトが終わると、カリは病院のカフェテリアに立ち寄り、余った料理を受け取った。去年から、以前勤務していたフロアの看護師数人と一緒に、余剰食料を地域のフードバンクへ寄付するプログラムに取り組んでいた。フードバンクへの配達は交代制で、カリは今週四回目の十二時間勤務を終えたばかりだったが、今日は自分の番なので、それは守るつもりだ。

前のフロアへ寄ってベッツィとのつきあい方についてアドバイスをもらうことも考えたが、そこでは新たな脱走患者が出たらしく、みんなそれどころではなかった。とはいえ、大問題となるほどではないようだ——退院の許可がおりた患者が、もう帰っていいものと勘違いし、退院証明書や医療連携の手続きをせずにいなくなったらしい。

ICUの患者の脱走未遂ほど深刻な話ではない。あの件を思い返すと、いまだにカリの胃はぎゅっと縮んだ。どうしてあんなミスを犯したのだろう？　ICUの看護師として絶対に成功したいのに、間違ったことばかりしているみたいだ。

配達のあとは母に電話し、病院でうまくいかなかったあれこれを聞いてもらおう。けれど、家に着いたらまた悶々と考えてしまいそうだ。患者になんの問題もなかったとはいえ、もしも何か起きていたらと考えるだけでぞっとする。

自分は新人ではない。看護師になってもう四年だ。二十一歳のときに正看護師の資格を取得し、そのあとは看護師として働きながら夜間学校へ通って学士号を取った。看護はカリの人生そのものだ。同年代の人たちは、パーティーへ出かけたり、デートをしたり、世界を旅したり、結婚したりしている。どれもカリには無縁だった。彼女の人生は別の道をたどったのだから。

十九歳のとき、高校時代からのボーイフレンドで、当時は婚約までしていた相手が白血病との戦いに敗れた。カリは彼が最後の息を引き取るまで看病を続けた。その体験は一夜にして彼女を大人にし、彼の命が尽きた瞬間、自分の人生も終わったように感じた。

けれども、カリは人生を無駄にするものかと決意した。彼を看病したことで、自分は看護師に向いているのがわかった。人の苦しみをやわらげること、それが自分の生きる目的なのだと魂の奥底から感じた。もう二度と恋に落ちることはない。結婚はしないし、子どもを作ることもない。自分は看護師になるのだ。それも最高の看護師に。心の底からそう確信した。

ただ、いまのところ、あまりうまくいっていないけれど。くよくよ考えても仕方がないと、カリはカフェテリアの責任者であるマージとおしゃべりをしてから、残り物を腕いっぱいに抱えた。車に食べ物を積んでフードバンクへ向かっている途中で、ベッツィの声が脳裏によみがえった。

「そんな手つきじゃ、きっと輸液の薬剤混合（ミキシング）もしたことがないのね」バソプレッシンのガラス製薬瓶（バイアル）を取り落としそうになったカリを眺め、ベッツィは冷笑した。

カリは思い返して歯嚙（はが）みした。輸液のミキシングならもちろんこれまでだってやっている。あれは、直前まで心肺停止状態の患者に胸部圧迫を行なっていたせいで、両手に力が入らなかっただけだ！　アドレナリンが噴きだして、多少手が震えていたとはいえ、無能ということにはならない。それに患者は蘇生（そせい）して助かった。本当に大事なのはそれだけだ。

フードバンクの前に車を停め、ハザードランプを点灯させた。急いで中へ運ぶだけだから、時間はかからない。カリは小走りで奥の厨房（ちゅうぼう）へ向かった。ここでは誰もが彼女を知っていて、カリは大きな声で挨拶をしてから食べ物を届け、正面入り口へと引き返した。

その日は多くの人がフードバンク内をうろついていた。ここでは温かい食事も出しているため、寒さが厳しくなると大勢が集まってくる。カリは実際に食事を配る手伝いにはあまり参加できていないことを残念に思いつつ、集まった人たちに笑みを向けながら歩いた。

入り口近くまで来たところで、見覚えのある顔が目に入った。カリは足を止め、どこで見たのかと首をかしげた。

相手が彼女の視線に気づいて、声をあげた。「まさかここで会うとは！　看護師は食べるものに困らないくらいの給料はもらえると思っていたよ。それだけの働きをしているのは神もご存じだろう」

思わず頬がゆるんだ。脱走癖のあるイギリス人患者だ。「ハイ、クレイグ。元気そうね。わたしは病院から料理を運んできただけよ」

「それはひどい」彼は声を低めた。「ここにいる人たちは入院（イン・ホスピタル）もしていないのに、病院食を食べさせられるのかい？」

イン・ホスピタル。イギリスでは入院（イン・ザ・ホスピタル）のことをそう言うの？　それともやっぱり頭部の外傷のせいだろうか。「なんてことを言うの。病院の食事はそこまでひどくなかったでしょう」

彼は笑った。「そうだね、ぼくはシチューしか食べていないが、まあまあだった」

「それならよかった。記憶はおおむね正常に戻った？」

彼の表情が曇る。「それが――そうでもない。あの夜、何が起きたのかをまだ解き明かそうとしている最中だ」

「まあ」

「それに自分のラストネームもね」彼は笑ってつけ加えた。

ああ、そうだったのか。てっきりいつもの生活に戻ったのだと思った――暮らしに困窮し、シェルターにいるのだと。たしかに、彼の見た目は困窮している人とは思えない。まあ、着ているダウンコートは野暮ったいけれど、彼のブルーの瞳が映える色だ。加えて、彼は正真正銘の美男子だった。シャープな顎はうっすらと無精髭(ひげ)に覆われ、男くささが増している。長身で筋肉質。路上暮らしでその日その日をしのいでいる人たちとは明らかに特徴が一致しない。

「じゃあ……家がどこなのか、まだわからないの？」慎重に尋ねた。

彼は首を横に振って顎をさすった。「まだだね。すぐに思いだせるだろうと期待はしているが」

「まあ」カリは繰り返した。「それなら……病院のソーシャルワーカーに宿泊先を探してもらったの？」

「そんなことができるのかい？」彼が驚いた声をあげる。

「できると思うわ――たぶん。それか男性用シェルターに入れるようにしてくれたんじゃない？」

「ああ、そうそう、男性用シェルター」彼は椅子に寄りかかった。「そっちは、その――いまは空きのベッドがないそうだ。ついていない」

「ひどい話だわ！」思わず言葉が出た。でも、実際ひどい話だ。彼にどこへ行けというのだろう？　記憶も、お金も、選択肢もないのに。そんな人を病院はただ放りだしたのだろうか？　ソーシャルワーカーらしくない無責任なふるまいだ。

「いいんだ」彼はカリの考えがわかるかのように急いで言った。「誰のせいでもない。ぼくが行ったときはちょうど埋まっていたらしい。ほら、天気が悪いし、そういうことだよ」

「そうね」

　話しこんでいる時間はなかった。車を停めているのは積みおろし用の区域（ゾーン）だし、そのうえ十二時間勤務のあとでくたくただから早く家に帰りたい。それにこの男性の宿泊先を考えるのは彼女の仕事ではない。でも……。

疲れすぎて頭がまともに働いていない。だけど、この男性は行き場がなければ凍死してしまう。それを見過ごすの？

カリは唇を噛(か)んで思案した。最近、自宅の小さな連棟住宅(タウンハウス)の地下を改装し、シンプルかつ使いやすいワンルームのアパートメントにしたばかりだった。民泊用の宿泊所として登録し、副収入を得るのが彼女の計画だ。宿泊者が彼女のいる部屋へあがってこられないよう、屋内から地下へ行き来できるドアへの鍵の設置のみ、まだ手がついていないが。

彼を凍死させたくなければ、そこに宿泊させるのが道理だろう。けれど、ドアに鍵がないのは危険だと、不安が頭をもたげる。彼の正体が嘘つきのサイコパスで、彼女を殺しに上階へ侵入してくるかもしれないのだから。

「もしどこかほかの場所に心当たりがあるなら、ぜひ教えてほしい」彼が言った。

「ちょっと待っていて」怖い考えが頭の中でどんどん形になり、集中できなかった。彼が凍死するのも心配だし、車がレッカー移動されていないかも心配だ。

カリは彼の脇を通り抜けて自分の車を見に行った。よかった、まだある。駐車禁止のレッカー車に牽(ひ)かれてもいない。彼女は深呼吸をして頭の中を整理した。

これは悪いアイデアだ。それはよくわかっている。第一、この男性のことは何も知らない。こちらはひとり暮らしだ。もしも彼に襲われたら、カリは地元のニュース番組で報じられることになるだろう。フードバンクで会ったよく知りもしない男を考えなしに自宅へ連れ帰り、当然の結果を迎えた女性として。ただ一方で、彼はまったく見ず知らずの相手とは言えなかった。つい数日前まで昏睡状態にあって、もとの暮らしに関するすべての記憶を失っている——だからカリは、なんであれ彼のことを知っている、わずかな人間のひとりなのだ。

ふたつ目に、たとえ間借り人としてであっても、彼女が患者を自宅に泊めたことが病院にばれたら即刻クビになるだろう。元患者やその家族と不適切な関係を築いた者は誰であれ眉をひそめられるものだ。元患者に自宅の一室を貸すのは間違いなく不適切だろう。

でも、彼にはどこにも行き場がない。今夜はまた雪が降るから、気温は氷点下を大きく下まわったままになる。当てもなく、夜の帳の中へふらふらとさまよいでたら、明日の朝にはかちかちに凍った状態で発見されるだろう。そして彼の命の重さがカリの心にのしかかるのだ。自分なら救えたのに、何もしなかったと。

カリはしっかり考えるために目をつぶった。この状況にまつわる懸念はいったん脇へやり、正しいことをしよう。必要なのは、看護師としてとっておきの厳しい声を使い、なめたまねは絶対に許さないと彼にはっきり伝えておくこと。その声は、何年も看護師として働いているうちに身についた——それまでは誰よりも内気でおとなしかったのだから、おかしなものだ。いまも仕事以外ではうまく自己主張できないときがあるけれど、看護師モードのときは違う。

カリはフードバンクの中へつかつかと戻った。「いいわ。聞いて、クレイグ」

彼は驚いた顔をして向き直った。「なんだい？」

「泊まれる場所があるの、あなたの記憶が戻るまでいていいわ」

「それは最高だ！」

彼女は声をひそめた。「賃貸しする予定だった部屋をあなたに貸してあげる」

彼がふたたび口を開こうとするのを、カリはさえぎった。「ただし、ものを壊したり、攻撃的になったり、そのほかあらゆる非協力的な行為が見られたら、すぐに出ていってもらうから。くしゃみひとつでも、わたしが気味悪く感じたら出ていって。わかった？」

彼がうなずく。「了解した。〝気味の悪い行動は万死に値する〟ってことだね」

カリはにらみつけた。「これは冗談じゃないわよ、クレイグ」

「もちろんわかっているさ！　ちゃんと理解しているし、最高の紳士らしくふるまうと約束する」

よし、話はついた。「それならいいわ、行きましょう」

彼はカリについて外へ出た。カリは車のドアロックを解除した。助手席のドアを開けようとするクレイグを見て、彼女は一瞬ためらった。後部座席に座らせるべき？　タクシーみたいに？　それとも、そんなのおかしい？

だが、時すでに遅し。彼はもう助手席に乗りこんでいる。カリはため息をつき、運転席へ向かった。

「ぼくが運転すると言いたいところだけど、やり方がわかるか自信がない」

「いいのよ」エンジンをかけて車を出した。

彼はしゃべり続けた。「それで、きみはどうしてマディソンに？　ここで育ったのかい？」

「いいえ。故郷はここから北へ三十分ほどのところよ」

「そうなんだ。じゃあ、ぼくがなぜマディソンへ来たのか話すよ」

カリは道路に目を向けたままでいた。「えっ？」

クレイグはしばらく黙りこんだ。「だめだ、失敗。そう言ったら何か思いだすんじゃないかと期待したんだが」

カリは聞き流した。警戒心をゆるめさせようと冗談でも言っているつもり？　その手には乗らないわ。

彼の手が伸びてくるのが視界の隅に見え、カリはびくりとした。

「すまない！」クレイグはすぐさま手を引き戻した。「ラジオをつけたかっただけだ」

「ああ、どうぞ」リラックスするのよ、カリ。こっちがハンドルを握っている最中に、殺そうとはしないはず。少なくとも停車するまでは待つだろう。

彼はそれから十五分間しゃべり続け、カリは短い返事に徹した。ルールを破ったら出ていく、という話は真剣だと彼にわからせなくては。変なことをしようものなら、叩きだしてやる。

タウンハウスに到着し、道端に車を停めた。

「へえ、すてきな住まいだね」クレイグが感想を口にする。

カリはそれを無視して、地下に直接出入りできる通用口へ彼を案内した。

「こっちよ」

「すごいな」カリの後ろからついてきた彼が言う。「これって、映画の『スウィーニー・トッド』みたいな地下室じゃないか？　もしかしてぼくは、ニュースでたまに見かける〝姿を消した浮浪者〟コースをたどっているのかな？」

カリはぷっと噴きだす寸前でなんとかこらえた。「クレイグ、あまり言いたくないいんだけど、すでにあなたの足取りは誰にもわからないわ。あなたがここにいることを知っている人はいない」

「たしかに」彼は息をのんでみせた。「まさにうってつけの被害者だ」

カリはドアに鍵を差しこみ、ちらりと彼を見た。「やっぱり外で寝る？」

彼は即答した。「ぼくはきみに好感を抱いている。今回は自分の直感を信じて、きみの手にこの命を委ねるよ」

「もう一度ってこと？」

「一度目は、ぼくには選択肢が与えられなかっただろう？」

カリはクレイグから離れてドアを開け、彼の見えないところで目玉をぐるりとまわした。それから部屋の明かりをつける。

「たいした場所ではないけど、居心地はいいはず」

「すばらしい！」クレイグは彼女の後ろから大股で入ってきた。「森の小さなキャビンに足を踏み入れた気分だ」

「それはどうも」カリはさらりと言った。本当は、生まれ変わった地下室には大満足していた。どうすればこの狭いスペースをワンルームのアパートメントとして通用する部屋にできるだろうかと、多くの時間を費やしてリフォーム計画を立てたのだ。力仕事の大半は父と弟の手を借り、リサイクルショップへ何日も通って、居心地のよさそうな雰囲気を醸しだすのにぴったりなインテリアを見つけた。だが、クレイグはそんなことは知らなくていい。彼が知らなくてはいけないのは、いくらお世辞を言おうと責任ある行動をしなくてはならないということだ。

クレイグはダウンコートを脱いでそばの椅子にかけ、ゆっくりと室内を歩きまわり、壁にかけられた絵に近づいて眺めだした。カリは気づくと彼をしげしげと眺めてしまっていた。これまでは野暮ったいダウンコートか病衣姿の彼しか見たことがなかったけれど、いまの彼は黒のTシャツ姿で、しかもそれがよく似合っていた。彼の広い肩とたくましい腕につい目が向いてしまう。どう見ても、彼は浮浪者ではない——食べるものに困っていては、あれほどの筋肉を保つのは難しい。

その正体が何者であれ、この男性は明らかに体を鍛えて自分のコンディションに注意を払っていたはずだ。つまりそれは、彼女を容易にねじ伏せられるという意味でもある。カリはそれを肝に銘じ、咳払いした。

「おなかが空いているといけないから階上へ行って何か食べるものを持ってくるわ。

何があるかわからないけど……」

「ああ、それなら気にしないでくれ。でも気遣ってくれてありがとう。きみのご主人は……？」

「いないわ」少し急いで返事をしすぎた。しまった、これではわたしがひとり暮らしだと教えているようなものだ。クレイグは、カリが自分の脅威になると軽口を叩いているけれど、鍛え抜いた筋肉を持つ彼のほうがよほど脅威だ。

「わたしの――ルームメイトは気にしないから」そうつけ加えた。ルームメイトなんていないが、彼がそれを知る必要はない。「ここはわたしのタウンハウスよ。でも隣家とは壁一枚だから、静かにしてちょうだい」

「了解、ボス。ところで、この絵はエッフェル塔かい？」

「ええ、見覚えがあるの？　行ったことがあるのかしら？」

彼はしばらく絵を見つめていた。「そんな気はするがよくわからない。きみは？」

「いいえ。まだないわ。でも、いつか必ず行くつもり」

クレイグは微笑んだ。「ああ、パリは美しい街だ（パリ・エ・ユヌ・ベル・ヴィル）！」

「フランス語を話せるの？」

彼は自分に感心したような顔をした。「らしいね」

カリは室内へ視線をめぐらせた。「それじゃあ、タオルはバスルームよ。キッチンにあるものは紅茶でもなんでも自由に使って。テレビもつくはずよ。あとは、そうね、おやすみなさい」

「ありがとう、カリ。おやすみ」

初めて提供する宿泊サービスがこんな形になるとは夢にも思わなかったけれど、まあいい。カリは階段をあがってドアを閉めると、わざと大きな音をたてて、地下へ続く階段とキッチンを仕切るドアに鍵をかけてみせた。この鍵は壊れているが、そのこともクレイグは知る必要がない。ドアの下にドアストッパーを押しこんで簡単には開かないようにした。これは念のためだ。

階下に見知らぬ男がいると思うと、とても眠れそうにないが、考えることもできないくらいくたくただった。ＩＣＵに勤務して一週目で精も根も尽き果てていた。カリはベッドに横になるや、一分もかからずに深い眠りに落ちていた。

4

カリが階段をあがってドアを閉め、鍵をかけるのにクレイグは耳を澄ました。『スウィーニー・トッド』の冗談は、彼女の気持ちがほぐれればと思ったからだ――見知らぬ男を自宅に泊める気まずさは理解していると伝えたつもりだったのだ。だが、言ったあとで、逆効果だったかもしれないと気がついた。

クレイグは額をさすった。彼女に迷惑をかけるのはごく短い期間ですむとよいのだが。泊まる場所を提供してもらったことには深く感謝していた。ここは男性用シェルターとは雲泥の差だ。シェルターが満杯だと彼女に言ったのは、罪のない小さな嘘だった。実際には、満杯とは言われていない。だが、クレイグはそこをひと目見るなり、まわれ右をしていたのだ。どのみち、かなりぎゅうぎゅう詰めに見えた。あそこでひと晩過ごすくらいなら凍死を選びたいほどだ。どうかすると、死にかけの老人と相部屋の病室に輪をかけてひどいありさまだった。

地下室をひととおり調べ終えたクレイグは、シャワーを浴びることにした。服を脱ぐ前に鏡の中の自分をしばし見つめる。まるで見知らぬ他人だ。かつての知人のように、どことなく顔に見覚えがあるものの、顔写真を並べられても自分の顔を選びだせる自信はない。自分の顔を見つめていると気味が悪くなり、シャワーの蛇口をひねって熱い湯の下へ足を踏みだした。甘いにおいのするシャンプーと石鹸が用意してあったおかげで、楽しいシャワータイムになった。

タオルで体を拭いたあと、ベッドに入った。ここにもささやかな贅沢が感じられ、毛布はほどよく体を包みこむ重さで、蒸し暑くなかった。自分について何か思いだすために起きているつもりだったが、彼はあっという間に夢のない眠りに落ちていた。

翌朝は自然に目が覚めた。地下室なのでほとんど日光が差しこまないのだ。天井からはさまざまな活動音が聞こえてきた――カリが歩くと、その足元がきしんだ。彼女が高い声音でしゃべっているのもかすかに聞こえた。動物か、小さな子どもにでも話しかけているようだ。クレイグは微笑した――美しく、厳格なカリでも、ときにはガードをさげるらしい。

服を着ながら、ほかに着替えがないのが少し気になった。ゆうべ行ったホームレス・シェルターで小さな袋を渡された。靴下、下着、それに小さなツナ缶とグラノーラバーが入っていた。おかげで少なくともきれいな下着はあるが、金がなくてはなんであれ新しいものを手に入れるのは難しいだろう。

金があるのはわかっている――どこかに銀行口座があるのは間違いないのだ。数日もあれば口座から引きだせるかもしれない。自分の名前がわからないのは、ちょっと厄介なハードルだが。

階段をあがり、ドアをそっと叩いた。カリが動きを止める気配がした。

「はい？」彼女が応じた。

「おはよう。ちょっと話ができるかな」

彼女が近づいてくるのが聞こえ、わずかにドアが開く。「何かしら？」

クレイグは咳払いした。「約束するよ、ぼくは嚙みついたりしない」

カリは、彼を中へ入れるのと一日中無視を決めこむのと、どちらのリスクを取るべきか天秤（てんびん）にかけていたが、やがて嘆息し、ドアを開けてくれた。

クレイグは微笑み、キッチンへと足を踏み入れた。彼の背後でカリがドアを閉める。

「誰かに話しかけているのが聞こえたが？　きみの……ルームメイトかな？」

「ルームメイトではないわ、猫たちに餌をあげていたの」

「猫がいるのか？」

カリはうなずき、かがみこんで床から小さな皿をふたつ拾いあげた。

「二匹飼っているのかい？」

「違うわ」シンクで皿を洗う。「わたしの猫じゃなく、保護猫。引き取り先が見つかるまで預かっているだけ」

クレイグは首を伸ばして隣の部屋をのぞいた。床に長方形の大型ケージがひとつ置かれ、その上にある縦長の鳥籠の中では翼がせわしげに動いている。

「あれは？」

「ああ。あっちは預かっているフェレットと、セキセイインコよ。シェルターで預かりきれない分を受け入れているの。いつまでも保護できるだけのスペースはシェルターにないし、冬場は特にそうだから」

「なるほど。きみはホームレスの人間だけじゃなく、ホームレスの動物にも住む場所を提供しているんだね」

「そうね」彼女はそっけなく言った。

「ひょっとして階上（うえ）には動物園があるのかと思ったよ。きみがアニマルボランティアをしていたとは」

カリはカウンターに寄りかかって腕を組んだ。「それで、わたしに話したいことって？」

「ああ、そうだ、その――」

「朝食がほしくて来たの？」

「いや、それならシェルターでツナをもらった。よければきみにも分けてあげるよ。室温のツナは一日のスタートを切るのに最高だと思うな」

「いやだ、まずそう」彼女が笑みを漏らした。クレイグはめったに見られないその笑みが気に入った。

「おいしいのに。そうじゃなくて、きみに提案があって来たんだ」

カリは片眉をつりあげた。「提案？」

「ああ。もう気づいたかもしれないが、ぼくはうまく記憶を取り戻せていない」

カリはうなずいた。

「数日もあれば思いだせているだろうと考えていたが」彼は続けた。「さっぱり記憶が戻らない。だからぼくは身元不明のままで、自分が何者かを探りだす手段もないという、大いなる苦境にあるわけだ」

「そうね」彼女はゆっくりと言った。

「いいかい、ぼくに過去の生活があるのは間違いないんだ。どこかに自分の暮らしがあるのも。ただ、それを見つけだすまで、ぼくはいわばお手上げの状態だ」

カリは彼を見据えた。「でしょうね」

クレイグは微笑した。「ほらね、きみはぼくの話にいまひとつ納得していない。ということは、ぼくがもとの生活で能弁なセールスマンだった可能性は除外してよさそうだ」

唇に半笑いを浮かべながらも、彼女は何も言わなかった。

「話を続けよう。ぼくはきみに少額のローンを申しこみたい。替えの服代と、そうだな、バス代を払えるくらいの額でいい。書面にし、ぼくの記憶が戻ったら、きみの言い値で金利をつけて返済しよう」

「もとの暮らしでは銀行員だったみたいな口ぶりね」

「ふむ」彼は言葉を切った。「いいや、銀行員はしっくりこないな。でも、そんなふうに職業をどんどん言ってくれたら、ぴんと来るものがあるかもしれない！」

彼女は額をさすった。「金額にしていくらくらい？」

「本当に最低限でいい。バス代を一カ月分と、シャツとかを二、三枚買えるくらいで。それに買い物へ連れていってもらった分のペトロール代も、もちろんあとで払う」

「ガソリン（ペトロール）……」彼女が繰り返す。「わかった。わたしが利率を決めていいのね？　二百パーセントでも？」

「いいよ。きみには極力迷惑をかけないようにする。ぼくが発見された場所を歩いてみたいんだ。何か思いだすきっかけがあるかもしれない。うまくいけばそれで記憶が戻るかも」

「場所はわかっているの？」

「いや、それについても専門家としてのきみの知識が必要になる。どうやって病院へ運ばれたのかも、ぼくにはわからないんだ」

カリは眉根を寄せた。「そう」

彼女はひとつも同意してはいないが、少なくとも話を聞いてくれている。これはよい兆候だと思おう。「それに、地下室の賃料は喜んで全額支払おう」

「仮にだけど、もしあなたの記憶が戻らなかったら？」

クレイグは沈黙した。その可能性は頭をよぎりもしなかった。まさかそんなことはないだろう？　誰か自分を探しているはずでは？

「ごめんなさい、いまのは心ない質問だった」カリは声をやわらげた。

「いや、きみの言うのはもっともだ」彼は言った。「ぼくはただ……その場合については考えていなかった」

「そう」

「自分は楽天家だと思うことにするよ」彼はウィンクをして言った。「本当の自分を知らないから、簡単にそう思いこめる」

「たしかにね」彼女が笑い声をあげる。「それじゃあ、さっそくリサイクルショップへ安い服を探しに行く？　それと、あなたがどこで救急車に乗せられたのかを調べてみましょうか？」

「ああ。その場所へ戻ってみたい。きっとそれが助けになると思う」

カリは立ったまま、彼を観察した。「そうね――わたしはこの二日間は自由よ。仕事は入っていないから、ちょっとした調べものの手伝いならできると思う」

「いいのかい？　大助かりだよ！」

「でも、先にコーヒーを飲ませて」カリはそう言って、自分の分のコーヒーを注いだ。

「あなたもどう？」

「いただくよ」

「ミルクと砂糖は？」

クレイグは腕組みした。「わからないな」

「ああ、そうよね。じゃあ、これを飲んでみて。あなたの口に合うかどうか教えてちょうだい」

彼はひと口飲んで顔をしかめた。「これは……ぼくの口に合わない」

カリは声をあげて笑い、冷蔵庫を開けてミルクを出した。「これならどうかしら」

ミルクを少し入れ、もうひと口飲んでみた。「うん、ずっといい」

「よかった」彼女はそう言うと、キッチンを片づけ始めた。

「手伝おうか？」

「いいえ、大丈夫よ。ちょっと準備をしなきゃいけないから、そうね、そこにいて。すぐに戻るわ」

クレイグはおとなしく椅子に腰掛けたまま動かなかった。隠れ場所から出てきた猫の一匹が不愉快そうな視線を向けてきたときだけ、そちらを見るために体をずらした。

数分後、カリはノートパソコンを手にふたたび現われた。フードつきトレーナーからTシャツに着替えている。クレイグは彼女から目を離せなかった。これまでは厚めのナース服姿しか見ていなかったが、そのときでさえ魅力的だった。いまや気をつけないと彼女に見とれてしまいそうだ。むろん、これまでの人生で出会ってきた女性たちの顔はひとつも覚えていないとはいえ、カリはこの目で見た中でもっとも美しい女性のひとりに数えられる確信がある。

クレイグは空咳をしてノートパソコンを指し示した。「なんに使うんだい？」

「あなたの調査。この地域で救急車両サービスを提供している会社の電話番号を調べて、誰があなたを運んだのか確認するわ」

「そうか、名案だ」

それから三十分かけて、あちこちに電話をし、ついに答えが見つかった。クレイグはジェームズ・マディソン公園の端、ノース・バトラー通りとイースト・ゴッサム通りの角で倒れているのを発見されていた。

「不吉な響きだな」クレイグは言った。「そのゴッサムって、バットマンのゴッサム・シティみたいな場所なのか？　ぼくを襲った犯人はバットマン？」

カリは無表情でクレイグを見返した。「手がかりが見つかったわね」

クレイグはうなずいた。「ああ。行こう、ぼくを運んだ人を探すんだ」

カリが嘆息する。「いいわ、行きましょう」

彼女のために運転席のドアを開けることも考えたが、やりすぎかもしれない。昨今ではそういうことはしないものじゃないのか？　それに、車を盗もうとしていると思われる恐れがある。クレイグは助手席に座るだけにし、急にラジオへ手を伸ばさないよう気をつけた。

街まではほんの数分で、公園から一ブロックの通りに駐車スペースが見つかり、カリは喜んだ。スムーズな縦列駐車にクレイグは感心したものの、それは口に出さなかった。むやみなごますりは必要ない。彼は何か記憶を呼び起こすものはないかと、窓の外へ目をやった。

カリが車からおりるなり、彼女の目の前でトラックが急停車した。エンジンをかけっぱなしのまま、赤ら顔の大男が彼女に詰め寄ってくる。男の罵声を耳にして初めて、クレイグは異変に気がついた。

「おれが停めようとしてた場所を横取りしやがって!」男が怒鳴った。「しかも、おれのトラックにぶつけていったな!」

荷台側面の大きなへこみを指差す。クレイグは急いでシートベルトを外して外へ出た。

カリが後ずさる。「そんなところ、わたしの車じゃ届きもしない、あっ——」

大男にどんと突かれて、彼女は後ろへよろけた。

クレイグは胸で怒りがかっと燃えあがるのを感じた。言いがかりにもほどがある。

5

カリは自分の車にぶつかった。信じられない、こづかれたくらいでよろけるなんて――足元へ目をやると、氷で足が滑ったのだとわかった。彼女は押しだされた空気を肺へ戻そうと、咳をした。

息ができなくなるなんて初めてだった――実際の生活で体験したのはたった一度、高校の体育の授業中にフラッグフットボール（アメリカンフットボールからタックルをなくしたスポーツ）でミスをし、仰向けに転倒したときだけだ。意識が混濁して激しく暴れる患者が相手でも、こんなことにはならずにいつもなんとかやれている。

次の瞬間、男に向かっていくクレイグのコートが彼女の視界をかすめた。相手はかなりの大男だったが、クレイグのほうが上背があって動きもすばやく、あっという間に男の襟首をむんずとつかんでいた。

「いいかげんにしろ」クレイグは毅然（きぜん）と言い放ち、男をトラックに押しつけて身動きできないようにした。

「放しやがれ！」男はわめき、クレイグの手を振りほどこうと暴れている。片腕が自由になり、肘がクレイグの目を直撃した。

クレイグは落ち着き払って相手の腕をつかむと、男の体の脇にふたたび押しつけた。

「体格が同じ相手だとそう簡単にはいかないだろう？」

カリはわれに返って背筋を伸ばした。「クレイグ、その人を放して！」

彼は首をめぐらせてカリへ目を向けた。「いいのかい？　警察が来るまでつかまえておくこともできるが」

「冗談だろ？」男はクレイグにきつくつかまれ、怒りに身をよじっている。「こんなことで警察沙汰だと？　訴えてやる！」

クレイグは男へ顔を戻した。「そっちがぼくを訴えるのか？　いきなり因縁をつけてきてわめき散らし、レディに暴力を振るっておきながら？　幸い、ドライブレコーダーに一部始終が記録されている。ブラボー、作品賞ものの名作だよ」

男はもがくのをやめた。声の調子ががらりと変わる。「頼むよ、放してくれ。こいつはすべて大きな誤解だ」

クレイグは手をゆるめると、男の肩をぽんぽんと軽く叩いた。「誤解だって？　おかしいな、トラックに車をぶつけられたとあなたが怒鳴るのもぼくは聞いている、それもこっちの小さな車では届きそうもない場所にね」

「あんたの言うとおりだ」男は片手で首をさすりながら言いよどんだ。「おれの勘違いだった」

「携帯電話を借りていいかい?」クレイグはカリを振り返り、優しく問いかけた。

彼女はうなずいた。まだ少しショック状態ながらも、ポケットから携帯電話を取りだした。クレイグが男とトラックのナンバープレートの写真を撮るのを眺める。

「よし。これで戻ってきたときにうちの車に何かあったら、どこへ連絡すればいいかわかる」クレイグは夕食の献立でも考えるみたいに軽い口調で言った。

「ああ、ああ、そうだろうよ」男はトラックへ引き返し、ぼそりと言った。「イカれたアイルランド野郎め」

クレイグは驚いた顔でカリを振り返った。「あの男、いまぼくのことをアイルランド野郎って呼んだ? あれじゃ法廷でぼくを特定するのは厳しいだろうな。でも、法廷に出てぼくが誰なのか特定できる人が現われてくれたら、正直、かなり助かるんだが」

カリは男がトラックに乗りこみ、走り去るのを見つめた。

「大丈夫だったかい？」クレイグが彼女のほうへと足を踏みだした。

カリは咳払いした。「ええ……ええ、わたしは大丈夫」

「本当に大丈夫かい？　コーヒーを買ってくるよ。それより温かいココアがいいかな。ぼく宛の請求書につけておいてくれ」

カリは小さな笑い声を漏らした。「いいえ、いいの。わたしは本当に平気だから。ただちょっと——びっくりしただけ。どうすればいいかわからなくなっちゃって。いつもなら……そう簡単には驚かないのに」

それは事実だ。職場では常軌を逸した事態が次々と降りかかってくるため、こっちもそれを待ちかまえているほどだ。それなのに、たちの悪いトラック運転手のせいで、意気地なしのおとなしい少女に逆戻りしてしまった。自分にうんざりする。男に、文字どおりこづかれて黙っているなんて、いったいどうしてしまったのだろう？

「別に気にすることじゃないさ。あんなふうに、いきなりどやされるなんて予想外だ。誰だってびっくりする」

カリはすぐにうなずいた。「あなたもまともに肘鉄をくらったでしょう、顔を見せて」

クレイグがかがむと、カリは手袋を取って彼の目のまわりにそっと触れた。彼が顔をしかめる。

「ごめんなさい」

「いや、たいしたことない。もとの暮らしではよく殴られていたからね」

「本当に？」

「さあ、どうだろう」彼はしゃがみこみ、手で雪をすくって顔に当てた。「覚えていないが、ありそうな話じゃないか？」つい大声で笑ってしまった。さっきまでの緊張感がほぐれていくのがわかる。「そうね」

「きみの車にドライブレコーダーはついている？」

カリは首を横に振った。「いいえ。でも、よくとっさに思いついたわね。あれであの運転手はがらりと態度を変えたわ」

「ああ、本当に」クレイグは雪を地面に放り捨てた。「いったいどこからあんな言葉が出てきたんだろうな。ところで、いったん家へ引き返して休憩するかい？」

「いいえ、大丈夫よ。本当に。このあたりを歩いて、あなたが覚えているものはないか探してみましょう」

「本当にどこもけがはしていないのか？」

「わたしは見た目よりタフなの」カリはコートの背中についた雪を払った。

「わかったよ、きみがそう言うなら」


ふたりは、クレイグが倒れていた公園の端まで歩いていった。

「何か見覚えのあるものは？」カリは尋ねた。

彼が眉根を寄せる。「残念だけど、何も。まだね。夜に公園をうろついて、ぼくは何をしていたんだろうな」

「それは〝今週の謎〟ね」


ふたりで公園の中を歩いた。クレイグは湖畔の景色に感嘆し、湖の氾濫で周辺地域が浸水することはないのかと尋ねてきた。妙に洞察力のある発言に、職業はエンジニアか何かだろうかとカリは考えた。けれども、彼には何も言わずにおいた。洞察力があるなんて言ってうぬぼれさせたくない。自分の正体はこうかもしれない、ああかもしれないと、彼は想像をたくましくして早くもカリをうんざりさせている。

「最初、自分の正体はＭＩ６所属のスパイじゃないかと思ったんだ」ゴッサム通りを歩きながら彼が言った。

「ジェームズ・ボンドみたいに?」

「ああ。だけどきみたちがリフトをエレベーターと呼ぶことを知らなかったから、国際的に活躍するスパイの可能性はなくなった」

彼女はうなずいた。「絶対にないわね」

「次に、自分は裏社会の人間なのかもしれないとちょっと心配になった。だけど、それだと筋が通らない。もしぼくが犯罪者なら、襲ったやつらが生かしておくわけがないんだ、相手だって犯罪者のはずなんだから」

「たしかに」

「だから、いまはもうちょっとヒーローっぽいほうへ傾いている。消防士とか、窓ガラスの清掃員とか」

カリはぷっと噴きだした。「どうして窓ガラスの清掃員がヒーローなの?」

「よくわからないが、昨日、ビルの窓拭きをしている人たちを見かけたんだ。凍える寒さの中、ブリキ缶みたいなものに乗ってね。たいした勇気だよ」

カリを笑わせようとしているらしく、彼がちらりとこちらを見たのに彼女は気づいた。カリは首を振りつつ彼の前に出た。クレイグの問題をまじめに考えるのはどんどん難しくなっていた。そのうえ、彼に助けられたあとはちょっと借りができた気がして、それがいやだった。相手が誰だろうと借りを作るのは好きではないのだ。彼はいまでも見知らぬ他人だ。いくつもの理由から彼女の家に住まわせるべきではない他人で、元患者であること、そしてカリに百ものルールを破らせていることはとりわけ重大な理由としてあげられる。カリは彼に友だちと思われないよう、短い受け答えにとどめた。

一時間ほど歩きまわったところでカリは足を止め、休憩しようと提案した。だが、クレイグの返事がない——彼は軽食堂(ダイナー)の前で固まっていた。

「おなかが空いたの?」彼女は問いかけた。

彼はかぶりを振り、看板を指差した。「〈マギーズ・ダイナー〉!」

カリは視線を看板へやってから、彼に戻した。「それが?」

「〈マギーズ・ダイナー〉! ぼくはここの写真を撮った!」

「本当に? それを覚えているの?」

「ああ! 写真を撮ったのを覚えている! ぼくはその写真を誰かに見せたくて興奮していた」

「誰に?」

クレイグははたと口をつぐんだ。「誰かはわからない」

「そう」彼女の声は沈んだ。「でも、貴重な第一歩だわ」

彼はしばらく看板を見つめていた。「このダイナーを気に入っている相手かな」

「それか、マギーって名前の人かも」カリは言った。姉や妹、母親。あるいは妻。

「中をのぞいてみていいかい？　ぼくの顔を覚えている人がいるかもしれない」

「もちろん」

中へ入り、〝ご案内するまでお待ちください〟と掲示されている場所に立った。一分ほど待っていると、バラ色の頬をした若い女性がやってきた。

「二名様ですか？」

「いや、客じゃないんだ」クレイグが言った。「実は、ぼくはちょっとした記憶喪失で困っていてね。このレストランに見覚えがあるんだが、ひょっとして誰かぼくのことを知っている人がここにいないかな？」

若い女性は真っ赤になった。「まあ、あたしはお会いするのは間違いなく初めてよ。でも、確かめてきますね！」

「ありがとう」クレイグが彼女に微笑みかける。

カリの目は女性とクレイグのあいだを行ったり来たりした。女性は明らかに彼にこびていた。ひょっとしたらクレイグは、その甘いルックスで女性をいいように操れるのかもしれない。カリは背筋を伸ばし、ジャケットのファスナーを上まできちんと引きあげた。彼にいいように操られてたまるものですか。

「寒いのかい？」彼女が顎の下でファスナーを握ったままでいるのに気づいてクレイグが尋ねた。

「いいえ、どうして？」

「特に理由はないけど」彼が目をそらす。

しばらくして女性が戻ってきた。真っ赤だった顔はややましになっているが、まだ赤みがまだらに残っている。「すみません、サー、誰も見覚えがないそうです。週末にもう一度お越しいただいたらいいかも。週末はスタッフが変わるんです」

彼は愛想よく微笑んだ。「ああ、なるほど。どうもありがとう」

「どういたしまして！　またお越しください！」

彼はうなずき、背を向けて店を出た。カリもあとに続き、歩道へ出たところでふたたび口を開いた。

「残念だったわね、クレイグ」

「いいんだ」彼の声は低い。「街を歩けば一気にすべて思いだせるって考えが甘かったんだろう」

カリは唇を噛んだ。クレイグは明らかに気落ちしている。当然のことだが、どう対処すればいいのかわからない。彼が入院患者なら、励ましの言葉をかけ、心の支えになろうとしただろう。手を握ったり、肩に腕をまわしたりさえするかもしれない。けれど、いまそれはできない。彼女は厳格な家主でいなくてはいけないのだ。もしもクレイグが巧妙な詐欺師だった場合、だまされるのはいやだ。

「こうしたらどうかしら」カリはゆっくりと切りだした。「あなたの頭にお休みをあげて、新しい服を買いに行くの。そのあと、お昼に何か作るわ。あなたのいる地下室にはガスレンジがないのよ、まだ気づいてないかもしれないけど」

「へえ」クレイグは軽い口調で言った。「気づかなかったな。今朝はツナに夢中だったから」

カリは微笑んだ。「それなら行きましょうか」

車へと引き返しながら、カリはほんの少しだけ心配になった。車は無事だろうか。何かしゃべらずにはいられなかった。

「トラックの運転手が戻ってきて、窓ガラスを全部叩き割ったりしていないかしら?」

「そのときはガラスの破片を全部集めて、あいつのトラックに入れてやる」クレイグが言った。「なんなら、トラックの窓を一枚割ってやってもいい」

カリはじろりと彼を見た。「やっぱりあなたは裏社会の人間かも」

彼は声をあげて笑った。「そうは思わないな。裏社会には少しも魅力を感じない」

「窓掃除と違って？」

「ああ」

駐車したところへ戻ると、車は無事だった。カリはほっと胸を撫でおろして運転席に乗りこんだ。十五分ほどでリサイクルショップがあるショッピングプラザに到着した。クレイグは外から店をじろじろ眺めている。

「たいしたものはなさそうだ」

「あなた宛の請求書がふくらまないようにしているのよ。入りましょう」

彼はため息をついた。「了解」

クレイグにはショッピングの才能がないと判明した。衣類にはすぐに興味を失い、ゲームや生活用品、おもちゃが並ぶ通路へふらふら行こうとする。

「これはなんだい？」子ども用のおもちゃのキッチンを見おろし、楽しそうに質問してきた。

「子ども用のキッチンセットよ」カリは我慢強く答えた。

「ちっちゃなキッチンか！　この小さいフライパンを見てごらんよ！　それにこっちはミニチュアのオーブンだ！」

カリはかぶりを振った。「パンツがもう一着ほしいんじゃなかったの？　それとも、一生そのパンツで暮らす？」

クレイグは名残惜しそうに首を横に振った。「小さな店なのに、いろいろあるんだな。了解、すまなかった、トラウザーズ選びに戻ろう」

最終的に、どうにか一週間分の服をクレイグに買わせることができた。さらに手袋と帽子も追加した。コートを選ぶ段になったとき、彼はこれらを買わないことにした。

クレイグは足を止めてコートを何着か手に取り、いま持っているやつのよさを熟考した。「いまのコートは見た目は悪いが、暖かさは充分で機能的だ。それに、現時点で必要以上にきみに借金するのは避けたい」

カリは肩をすくめた。「わかったわ」

支払いをすませると、総額二十三ドルになった。クレイグは彼女への借金の記録としてレシートを取っておくよう主張した。「それに」彼は声をあげた。「生活費もつけるべきだな。コテージの賃貸料はいくらだい？」

彼女は笑った。コテージ。照明をつるしただけの、ただの地下室なのに。「ええと——まだ決めていないわ。少し考えさせて」

「了解」彼が言った。

ふたりは車へ戻った。クレイグの気分が回復してよかった。いいえ、よかったとは言いきれない。彼はいつものおしゃべり好きに戻り、あの手この手で彼女を笑わせようとしてくるのだ。カリはハンドルを握り、道路に目を据えていたものの、トラック運転手の捨て台詞を彼がみごとにまねしたときは小さく笑ってしまった。

6

タウンハウスへ戻ると、洗濯機と乾燥機を使っていいから買ってきた衣類を洗うようカリから言われた。クレイグは二台の機械の前で五分間立ちつくした。どっちが洗濯機だろう。ダイヤルをいじってみたが、何も起きない。

「カリ、料理中に手間を取らせて本当に申し訳ないんだが、これはどっちを先に使えばいいんだい？」

カリは眉根を寄せて現われた。「わたしの携帯電話で写真を撮る方法は知っていたのに、洗濯機の使い方は覚えていないの？」

「そうらしい」

彼女は左側の機械を指差した。「こっちが洗濯機」彼の服を中へ放りこむ。

「ああ、だよね。そうだと思ったよ」クレイグは厳かにうなずいた。

「このダイヤルをまわして……ほら、水が出てきたでしょう。で、洗剤はこれ」

「了解」ボトルを受け取る。「それで……これをどうするの？」

カリは冗談だろうと言いたげに、つかの間彼をまじまじと見た。少しも冗談ではないのだが。「そこへ入れるだけよ。服と一緒に」

「はいはい、そうだ、だんだん思いだしてきた」

何も思いだせない。洗剤の量はどれくらい入れればいいのか見当もつかず、とりあえずボトルを傾けて五つ数え、そこでストップした。

「蓋は閉めるの？」声を張りあげて尋ねた。

「そうよ！」カリが大声で返す。

道理にかなっているな。クレイグは洗濯機の蓋を閉めて洗剤のボトルをその上にのせ、キッチンへ引き返した。途中、テレビとソファがある小さなファミリールームで足を止めた。動物が入ったケージもここにある。

壁には大小の写真が飾られていた。微笑むさまざまな顔は誰だろうと、近づいて眺めた。

「これは、きみのお母さんとお父さん？」

カリは首を伸ばして彼が眺めているものを確認した。「そうよ」

「そしてこれはきみ?」笑顔をはじけさせている四人の子どもたちの写真を指差す。

「ええ」

「弟と、それに妹がふたり?」

「そう」

「ぼくにはきょうだいがいるのかな」写真をじっと見つめてつぶやいた。写真の顔はみな、どことなく似ている。カリは長女なのだ——それは彼女の言動から察しをつけられただろうが。最年少の妹たちは双子に見える。

別の写真へ目を移すと、十八歳くらいのカリが青年と写っていた。親戚には見えなかった。落ち着いた色味のブロンドの髪はカリの暗い栗色(くりいろ)の髪とはまったく対照的だ。青年はたしかに魅力的な顔立ちだが、ほかの写真に写っているきょうだいとは似たところがまるでなかった。

キッチンで立ち働くカリへちらりと目をやった。この青年は何者なのか? 最近の写真はないようだ。どこか奇妙に思えたが、なぜか尋ねてはいけない気がした。

「本当に何か手伝わなくていいのかい?」キッチンへ戻り、問いかけた。

「本当にいいの、家を燃やされたくないから」

「ひどいな。どれがガスレンジかくらいわかる。あれだろう」と冷蔵庫を指差してみせる。

カリがぐるりと目をまわした。「なんだよ、リアクションはなしか？　いまのはかなりよかったと思うんだけどな」

「じゃあ、テーブルセッティングをお願い」

「まかせてくれ！」張りきって全部の戸棚を開け、皿を見つけた。「昼食はスープ？　あとサラダかな？」

「あなたがいいなら、チキンスープよ」カリが返した。「それに正解、サラダもあるわ」

クレイグは調理器具の隣の引き出しから布製のナプキンを発見し、それらを折りたたんで皿にのせ、その上にスープ皿を重ねた。サラダ用とメイン用のフォークは左側に並べ、ナイフは右側に置く。小皿を出して左上にセットし、バターナイフをそえる。すべてゆがみがないよう慎重に整えた。

カリが背後に立ってこちらを凝視していることには気づかなかった。

「これでいいかな。あとは、グラスを見つけないと……」

「どこでこれを学んだの？」彼女は大きなサラダボウルを置きながら尋ねた。

「これって？」

「ウエイターがやるようなテーブルセッティングよ。どういう場所でやるのかもわたしにはわからないわ。どこかのこじゃれたレストランみたいね」

クレイグはテーブルに目をやり、肩をすくめた。「ほかにどんなテーブルセッティングのやり方があるんだい？」

カリはつかの間彼を眺めた。「そうね」彼のアクセントをまねて言う。へたなまねだと思ったものの、クレイグは聞き流した。

彼はテーブルへ目を戻した。これが正しいセッティングなのだろうか？　どこに何を置くべきか、考えもしなかった。断片的に記憶が戻りつつあるのかもしれない。家事（洗濯をのぞく）や、すすけたダイナーを中心とした断片が。

ふたりで腰掛け、カリが手際よく作った昼食にクレイグはすっかり感心した。「おいしそうだ」

カリはチキンの皿を彼に渡した。「ただのチキンスープよ。それにチキンカツレツ。チキンばかりでしょう」

「しかもシェフは謙虚ときている」クレイグは微笑んだ。

「病院食とホームレス・シェルターのツナ缶しか食べ物の記憶がない人が相手だと、

感心させるのは簡単ね」

彼は指を二本立てた。「ツナ缶ふたつだ」

「ふたつ？　朝食に？　水銀中毒になるわよ！」

クレイグは顔をしかめた。「きみの言うとおりだ。チキンカツレツを作ってくれるよう、きみに要求すべきだった」

「ハ、ハ」

クレイグは彼女をちらりと盗み見た。少しは笑っている。「ほかの人のためによく料理を作るのかい？　きみのルームメイトも昼食に加わる？」

「それは――その、いいえ、彼女は忙しいから」

クレイグはうなずいた。謎のルームメイトの姿はまだ一度も見かけていないが、カリがプライバシーを詮索されたがっていないのは明白だ。すでに地下室と洗濯機を使わせてもらっているのだ、これ以上図に乗ってはいけない。

そのとき、カリの携帯電話が鳴った。飛びあがってそれをつかんだ彼女のすばやい動作にクレイグはたじろいだ。

「ごめんなさい、職場からだわ」

「いいよ、ぼくにかまわず出て」彼は電話のほうへうなずきかけた。

カリは表示画面に目をやると、暗い表情になった。「どうも、ベッツィ。何かありました？」

クレイグは彼女を盗み見た。カリは眉間にしわを寄せている——どんな用件であれ早くも気をもんでいるのだ。

「ええ、ゆっくり休んでいるところです」

間が空く。カリが額をさすった。

「あの、申し訳ないけど、ベッツィ」のろのろと言う。「急に言われても、そんなに続けて夜勤に入るのは難しいわ」

クレイグはふたたび彼女へ目を戻した。カリはしばらく耳を澄ましていたあと、それじゃあと言って通話を終了した。

カリはテーブルへ引き返してきて、携帯電話をテーブルへ置いたところではっと息をのんだ。

「どうしたんだい？」クレイグはじっと彼女を見つめたまま尋ねた。

「同僚が……それか別の誰かが、今日わたしたちを見かけたみたい。これ」彼に携帯電話を渡す。そこに表示されていたのはダウンタウンを一緒に歩くふたりの写真で、どちらの顔も鮮明に写っていた。

「驚いた、パパラッチされたのか。きみの同僚には妙な趣味があるんだな」

カリはうめき声をあげた。「彼女はこの写真をネタにわたしに夜勤を押しつけるつもりなんだわ。信じられない！」

「どういうことだい？　まさか、きみは監督役なしで男と出歩くのを禁止されてでもいるのか？」

カリは首を横に振った。「いいえ。ただし、相手が自分の元患者の場合はだめ。ある意味……不謹慎と見なされるわ」

クレイグは首をかしげた。「どうして？　ぼくたちは不謹慎なことなど何もしていない」

「問題はそこじゃないの！」カリは携帯電話をテーブルへ放り、リビングルームへ向かった。

「ちょっと待った」クレイグは椅子から立ちあがって彼女を追った。「ぼくが仕事についたらどうだろう？　それで、きみから部屋を借りるんだ。そうすれば何も問題はなくなる」

「どうやって仕事につくつもり？」

「ぼくにはぼくのやり方がある」クレイグは片眉をひょいとあげた。

「裏社会へ戻るの？」

彼は腕を組んだ。「いいや、ぼくはまじめに言ってるんだ」

カリはため息をついた。「正直、それで状況が変わるかどうかは定かじゃないわ。わたしはどのみち、倫理上の規定をいくつも破っているようだし」

「どうしてそんなことになるんだ？　きみはぼくを凍死から救ったんだ。水銀中毒からもね」

彼女は弱々しく微笑んだ。「何度か夜勤をすればいいだけよ」

「そんなのおかしいだろう。これは脅迫だ」

「たいしたことじゃないから。明日は夜の七時から仕事ね」カリは小さな皿に盛った食事を食べ終え、テーブルを片づけようと立ちあがった。

「ぼくが洗うよ」クレイグは皿を取ろうとした。

「いいえ、いいの」彼女は重ねた皿を引き寄せた。「夜勤のスケジュールに体を慣らすために今日は夜更かしするから、いまは何かして手を動かしていなきゃ」

「そうか。それなら」皿を持って彼女のほうへ進みでた。「いろいろと迷惑をかけることになって、本当にすまない」

「気にしないで」カリはプラスチックの保存容器を取りだした。「この料理、少し地下室へ持っていく？」

「ありがたい」クレイグは言った。「こうしよう、ぼくは仕事を見つけて、きみに借金を返済し、住む場所をほかに見つけるよ」

「そうね、クレイグ」彼女は忙しそうに食器を片づけた。

自立するのは無理だとカリに思われているのは明らかだ。まあ、自分でも無理な気はする。だけど、せめて挑戦してみたかった。彼女のためにもそれくらいはやらなくては。

「だったら、今夜は映画を観るのはどうかな？」クレイグは提案した。「夜勤のスケジュールに体を慣らすために」

「だめよ」カリは即答した。「やらないといけないことがたくさんあるの」

「そうか。わかった」

クレイグはテーブルの片づけを続けた。カリは食器を洗い、料理を容器に詰める作業に集中している。クレイグは空気を読んだ。料理を受け取り、彼女にもう一度お礼を言うと、地下室へおりていった。

地下室へ戻って腰掛け、頭の後ろで両手を組む。カリはいわばこの世に舞いおりた天使だ。たとえそのせいで自分に迷惑が降りかかろうと、彼女は行き場所のない動物や人間に居場所を与えてくれる。

なぜもとの暮らしのことを何も思いだせないのだろう？　なぜ彼女に迷惑ばかりかけているんだ？　クレイグは決心した。自分が何者なのか、そろそろ本腰を入れて調べよう。それに収入を得る必要もある。カリが追及されたときに、部屋を賃貸しただけだと示せるように。ただそれだけだと。

実際、それ以上のことは何もないのだから。

7

夜のあいだがんばって起きていたにもかかわらず、カリは日曜のシフトへ向けて睡眠スケジュールを調整するのに失敗した。幸いなことに、ICUはそれなりに平和だった。受け持ちの患者は比較的状態が安定しており、カリはコーヒーを飲みまくって切り抜けた。朝の七時になったところで交替の看護師に申し送りをし、家路についた。玄関にたどり着くと、二階へ直行して気絶するように眠りに落ちた。

その日の午後四時ごろに目を覚ましたが、頭がぼんやりして、朝か夕方かもわからなかった。昼夜の逆転で胃の調子がおかしかったので、食事は抜いて、まずは紅茶を飲むことにした。彼女は湯を沸かそうと階下へおりた。

何分かたったころ、ドアをノックする音がした。クレイグだ。

「どうぞ」彼女は言った。

「おはよう、寝ぼすけさん！」彼が元気に入ってくる。「きみが目を覚ますのを一日中待っていたよ」

カリは片眉をあげたものの、返事はしなかった。クレイグの目元が痛々しい――ぐるりと真っ黒なあざができている。申し訳なさと感謝の気持ちが胸をよぎった。見知らぬ男を空き部屋に住まわせた結果、行方不明になってニュースになるのはいまも怖いが、クレイグはいざというときに守ってくれた。そして目に肘鉄をくらったのだ。そのせいで荒々しさが増し、なぜだか男っぷりがあがって見える。カリはそんな考えを頭から追いだした。

「そうなの？」

「携帯電話はまだチェックしていないのか？」彼が続ける。

「まだよ、どうして？」またベッツィからかかってきたのだろうか？

「そうか」彼の声がわずかに沈む。「まあ、いい。単にちょっと――とにかく、見ればわかるよ」

いったいなんだろうと少し不安になりながら、携帯電話を探した。画面を見ると、留守番電話に五件のメッセージが残されていた。

「あら、昨日は全然気づかなかった。全部あなたから？」

「メッセージのこと？」彼は手をひらひらさせた。「ああ。職探しで刺激的な一日だったんだ。それで空いている電話を見つけるたび、きみに進捗状況を残した」

自分の厳格さにひびが入るのを感じた。「空いている電話？　公衆電話のこと？」

「いまどき、街には公衆電話なんてほとんどないんだ、信じられるかい。そうじゃなくて、店とかにある電話のことだ」

「ああ、なるほどね」

「おなかは減っていないか？」クレイグが尋ねた。「昨日、マクドナルドで絶品のオートミールを食べてね。角の店でひと箱買ってきてある。作ってあげるよ」

ふむ。悪くないかも。最初の食事に予定していたもの、つまりは何も食べないよりずっと健康的だ。それに、彼、マクドナルドと言った？

「お願いするわ」

クレイグはオートミールを取りに地下へ行ってしまった。彼はなぜカリの顔を見るのをあんなに楽しみにしていたのだろう？　なんだか変な感じだ。とはいえ、彼にとってカリはこの世でただひとりの知りあいだ。ある意味、当然なのだろう。

紅茶を置いて、携帯電話を取った。

一件目のメッセージを再生する。〝カリ、クレイグだ。ダウンタウンにある〈パブ〉って名前の小さなバーで求人に申しこんだことを知らせたくて。この店名は、パブだってことをはっきりさせたかったのかな？　どうだろう。ここならイギリス人であることがアドバンテージになるかもしれない。またあとで〞

二件目。〝ハイ、クレイグだ。いい一日を過ごしているかな。忘れないよう、きみにきいておこうと思って。社会保障番号をでっちあげたらばれるかな？　帰ったら教えてくれ〞

カリはじろりと彼をにらんだが、地下室から戻ったクレイグはオートミールの箱に記された作り方を一心に読んでいる。電子レンジはすでに発見し、使用法もわかるらしい。

三件目。〝ぼくだ。いいニュースと悪いニュースがある。いいニュースは、警察署へ届け出を出せたこと。悪いニュースは、連絡先としてきみの電話番号を教えなきゃならなかったことだ〞

「クレイグ！」彼女は声を張りあげた。

「えっ、水が多すぎたかい？　牛乳のほうがよかったかな？」

「わたしの電話番号を警察に教えたの？」

「ああ、そのことか」彼はカウンターに寄りかかった。「そうそう、そうだよ。ぼくには連絡先がないだろう？」

カリは彼をにらみつけた。「イギリス流か知らないけど、ふざけないで。何かのはずみでベッツィに知られて、あなたがここに住んでいるのがばれたらどうするの？」

「ベッツィは警察署でサイドビジネスでも展開しているのかい？　そんな心配は無用だよ！」クレイグはそう言うと、電子レンジへ向き直った。

カリはため息をついた。考えすぎなのはわかっている。それでも、くだらない小さな不安の種をモンスター化させて、ひと晩中眠れなくなることがよくあるのだ。実際、カリは大げさに考えすぎるとよく言われるのだ。クレイグは知るよしもないし、知る必要もないが。

四件目。〝カリ、ハニー、お母さんよ。元気にしているか確かめたかっただけ！昇進して立派に責任を果たしているんでしょうね、お父さんもお母さんもすごく誇らしいわ。声を聞きたいから、時間があるときに電話して、どんな様子が教えてちょうだい。愛しているわ！〟

しまった。いつもは一日置きくらいに電話をするのに、新たな間借り人の世話で、うっかり連絡をし損ねていた。地下室に住まわせているこの男性のことを両親にはなんて言おう？　ふたりをちょっと心配させるかもしれない――だけど話しておくべきだ。本当にニュース沙汰になったときのために。

五件目。〝ぼくが何を見つけたのか、きみは信じないだろうな！〟カリは携帯電話を見た。メッセージはそれだけだ。〝ぼくが何を見つけたのか、きみは信じないだろうな！〟とクレイグがささやいている。

クレイグが戻ってきて、彼女の前に得意げにオートミールを置いた。「どうぞ、マクドナルドには負けるが、ブラウンシュガーを入れてみたらかなりよくなったよ」

「ありがとう」カリはスプーンを持ちあげた。「マクドナルドと張りあうことはないわ。勝てやしないもの。あそこは別格よ」

クレイグは期待をこめて見つめている。「感想は？」

カリはひと口食べた。ちょっと水っぽい、メープル＆ブラウンシュガー味のオートミールだ。目から鱗が落ちるほどのおいしさではない。「おいしいわ、ありがとう」

「よかった」彼は満足げに言った。

「最後のメッセージはどういう意味？　何か見つけたの？」

「ああ、そうなんだ。本当にびっくりするよ。地下にあるから持ってこよう」

いやな予感がする。いったい何？　カリはオートミールをもうひと口食べようとしたが、胃袋が抗議の音をたてた。

クレイグはそろそろと階段をあがり、後ろ向きにキッチンへ入ってきた。「準備はいいかい?」首をめぐらせて彼女に問いかける。

カリはうなずいた。本当はくたくたで何に対しても準備をする気にすらなれないし、疲労のあまり目の奥に違和感を覚えるほどだったが。

彼がくるりとこちらを向いた。両手の上には白と灰色の子猫が一匹のっている。

「ジャジャーン!」

「えええっ!」カリは子猫を受け取ろうと反射的に立ちあがった。そっと抱きあげると、子猫は小さくミャアと鳴いた。

「街を歩いていたときに鳴き声が聞こえたんだ」クレイグは言った。「それで、車の下に潜りこんでいたこの子を見つけた。きっとそこが暖かかったんだろう」

カリは子猫をひっくり返し、透き通った真ん丸の目をのぞきこんだ。「近くにほかの子猫はいなかった?」

「いなかった」クレイグは腕を組んだ。「残念ながらね。寒くないようにその子はコートの内側に入れて、ゆうに三十分はあたりを見てまわったけど、何もなかった。その子がどこから来たのかはさっぱりわからない」

「あらあら、ちっちゃな白いあんよがかわいいでちゅね!」先のほうだけ白い前足を自分の手のひらにのせ、カリは子猫にしゃべりかけた。クレイグが笑い声を漏らすのを耳にして、はっとする。子猫に夢中になりすぎて、われを忘れてしまった。

ごほんと咳払いしてから言った。「この子をシェルターへ連れていって、マイクロチップが埋めこまれてないか、それと飼い主がいないか調べてくるわ。診察もしてもらわないと」

「オーケー。ぼくもマイクロチップを装着していないか見てもらえるかな？　主人がいないか確かめるために？」

カリは笑い声をあげて子猫を抱き寄せた。「あなたも一緒に来てもいいけど、調べてもらうのは無理でしょうね」

「名前はなんにしようか？」

「うーん、あまり愛着を持たないほうがいいわよ」保護猫たちはかわいいけれど、自分で猫を飼うのは無責任に思えた――勤務時間が長いからきっと寂しい思いをさせてしまうだろう。

しかし、クレイグはどこ吹く風だ。「『美女と野獣』の野獣の名前はなんだっけ？　ガストン？」

カリは顔をしかめてみせた。「〝ガストン〟は野獣のことじゃなくて、傲慢な悪役の名前でしょう！」

クレイグは子猫の白い前足へ手を伸ばした。「ああ、それだと似合わないな。やっぱり野獣（ビースト）でいこう」

「こんなにちっちゃいのにビーストなんて！」カリは反対した。「この子はどちらかというと……チップよ。小さなティーカップのチップ」

クレイグが微笑んだ。「じゃあ、チップで決まりだ」

ふたりでカリの車へ向かうと、車は五センチもの雪に埋もれていた。除雪するから子猫を預かってほしいと頼んだら、クレイグは雪のほうは自分がやると言って譲らなかった。

「いいの、本当に大丈夫だから」カリはスノーブラシを奪われないようにしながら言った。

「除雪ならぼくのほうが向いている」彼はコートから子猫を取りだし、反対の手でスノーブラシを取ろうとした。「身長があるし、腕も長い。それに今日は一日中働いていたわけじゃないから、エネルギーがあり余っている」

普段ならそう簡単には引きさがらないのだが、ＩＣＵでの夜勤に驚くほど体力を奪われていた。カリはブラシから手を離し、子猫を自分のコートの中へ入れた。

「そのあいだに車の中で電話をかけるわ」

「そうしてくれ！」


運転席に座り、キーをまわしてエンジンをかけた。暖まるまでいくらか時間はかかるが、少なくとも車内は風が当たらない。携帯電話を取りだし、母の番号にかけた。

「ハイ、ハニー！」母の陽気な声だ。

「ハイ、お母さん」

「元気？　何か変わったことはあった？　ＩＣＵの人たちはよくしてくれる？」

「そうね、うまくやっているわ」カリはため息交じりに言った。「連絡しなくてごめんなさい。これから何日か、いきなり夜勤になってしまって」

「それは大変ね」母が言った。「今日は何時から仕事なの？」

「夜七時。でも、これからアニマルシェルターへ行くところ」

「あら、そうなの？」

「ええ、子猫を拾ったから、健康状態とかをチェックしてもらおうと思って」

そのとき、クレイグがフロントガラスから雪を払いのけ、ガラスにこびりついた氷をガリガリ引っかいてニコニコマークを描きだした。カリは音が聞こえないよう携帯電話を手で覆った。

「なんの音？」母親が問いかけた。

「ああ、車から氷をこそげ落としている人がいるの」嘘というわけではない。

「なんだ、そう」

それから数分話しているうちに、クレイグが除雪を終えて車に乗りこんできた。カリは唇に指を当て、静かにしているよう合図した。地下室に住んでいる名前もよくわからない男性のことを、母に説明できればと思っていたが、機を逸してしまった。話すのはまたの機会にしよう、近くにクレイグがいないときに。

「じゃあね、お母さん。車もすっかり暖まったから、そろそろ行くわ」

「わかったわ、スウィーティー！　そうそう、もうひとつ。スティーヴンが従業員をふたり解雇するはめになったのは聞いている？」

「いいえ、何があったの？」スティーヴンというのはカリの親友アシュリーの夫で、建築業を営んでいる。ICUで働きだしてからは、アシュリーとも近況報告をする時間がほとんどなかった。アシュリーは整形外科の看護師で、いつもランチを一緒に食べていたのだが、このごろはお互いに時間が合わなかった。

「それがね、ふたりとも仕事へ来なくなってしまったんですって。スティーヴンは弱りきっているわ。大きな仕事をいくつも抱えているのに人手が足りないんだもの！」

たちまち考えがひらめいた。そうよ。どうしてもっと早く思いつかなかったの？

「人手なら、ひとり紹介できるかも」

「まあ、スティーヴンはきっと喜ぶわ！」母が言った。「さて、車の運転中に電話をさせるわけにはいかないわね、気をつけていってらっしゃい」

「わかったわ、お母さん、愛してる」

「わたしも愛しているわ！」

通話を終え、コートからチップを引っ張りだしてクレイグに渡す。

「聞こえたよ、今度はどんな人助けに乗りだすんだい？」クレイグは子猫を受け取るためにコートのファスナーをおろしながら尋ねた。

「やるのはわたしじゃないわ」カリはにっこりとした。「あなたよ」

8

二日後、クレイグは肉体労働者として初のシフトに入り、この仕事はおもしろいものではないと結論づけた。ひとつ目の問題は、スティーヴンにバスルームの作業をするよう命じられたことだ。自分には別の部屋でやっているペンキ塗りのほうが向いていそうだとクレイグが提案したにもかかわらず。

「だめだ」スティーヴンは一蹴した。「まず便器から始めてくれ。水を抜いたあと、床から外すんだ」

「了解」クレイグは応じた。「床から外す。少々お待ちを」

いったいどうやるのだろう。テーブルセッティングのように、この手の工事もなんらかの知識がすんなりよみがえるのではと期待したが、そううまくはいかなかった。

クレイグは数分間、便器を凝視した。完全に床とくっついて、一体化しているみたいに見える。そもそもひとつなのではないのか。この家を建てた者は、壁と窓、そしてこの便器をひとまとめに設置したに違いない。最悪なのは汚いことだ。手を突っこんで水をかきだすなんて、さすがにやりたくない。そうだ、こすってきれいにしてからでないと、近づくことさえ考えられないぞ。

十分後に戻ってきたスティーヴンは、手袋をして四つん這いになり、便器をこすっているクレイグを発見した。

「ええと、どんな調子だ？」

クレイグは驚いて振り向いた。「ああ、やあ、スティーヴン」

「何をしてるのか、教えてくれるかい？」

「それが」クレイグは立ちあがった。「この便器は汚れていたんだ」

「それで？」

「だから中へ手を突っこむ前に、衛生的に問題がないようしておきたかった。中の水だって、もしもまわりにこぼれたら……」クレイグは身震いした。

スティーヴンはしばらく彼を眺めたあと言い返した。「タンクの蓋を開ければいいだけだろ？」

「ああ」クレイグは便器を振り返った。「タンクはどこに？」

「そこだ」スティーヴンは指差した。蓋を持ちあげて中の水を見せる。

「なるほど、そういうことか。それなら理屈に合う。じゃあ先にこの中の水をすくいあげて……?」

「いいや。だいたいは流せばなくなる。残りはこれで吸い取るんだ」スティーヴンは大きな黄色いスポンジを渡した。

「なるほど。そうか。申し訳ない、スティーヴン、ぼくはこういう作業を前にやったことがあるのかすらわからないんだ。やっていたとしても、すっかり忘れたようだ」

「気にするな。おれが気づくべきだった。これを使ってボルトを外したら、便器を床から持ちあげられる」

クレイグは新たな工具を受け取った。「ああ、これか。オーケー、まかせてくれ」

やり方を教えてもらったあとは、作業を終えるのにそれほど時間はかからなかった。便器にはやはりぞっとした。すべてを廃棄して、一からやり直すのが依頼主にとっては最善な気がする。便器の下にあり、いまや白日のもとにさらされている、黒々とした大きな配水管にはさらにぞっとした。漂白剤を、そうだな、数リットルほど流しこんだほうがよさそうだ。しかし、彼がそれを実行する機会はなかった。

スティーヴンは、クレイグがバスルームから便器を運びだしたのを見るや、タイルを剝がすのに使えと言って、木槌と楔のようなものを渡してきた。

「剝がすって——タイルを壊すのか？　それで全部取りのぞくってことかな？」

「ああ。完全撤去だ」

「撤去、了解」

　バスルームはかなり広く、あいにくながら、タイルもかなりの量だった。膝をついてタイルを壊し、床から剝がすのに一時間半かかった。終わったときには膝も背中も悲鳴をあげていた。作業がひとつ終了するたび、スティーヴンが顔を出してはさらにきつい作業を言い渡していった。床の下張りを剝がせ。新しい下張りを張れ。どれもこれもかがんで行なう作業ばかりだった。

　最初の六時間、クレイグはほぼかがみっぱなしだった。カリが勤務中でなければ彼女に電話をかけて、迎えに来てくれと頼んでいただろう。理由は〝仕事の方向性についてスティーヴンと相違がある〟でいい。

　スティーヴンは次々と仕事を与えてきて、全作業をすべて一度に終わらせる必要があるという考えらしい。他方、クレイグは休憩はたっぷり取るべきという考えだ。なんなら昼寝の時間だってほしい。しかし残念ながら、指揮を執っているのは自分ではないので、クレイグは働き続けた。彼が取った唯一の休憩は昼食だ。カリは本当に親切で、彼にランチを持たせてくれていた。

「どうせ自分の分を作るから。そのついでにあなたの分も用意しただけ」今朝、彼女はそう言った。「たいしたものじゃないわよ。ゆで卵にヨーグルトなんていう、独身者のお粗末な食事があなたの口に合うといいけど」

「大好物だよ」クレイグは笑顔で返した。

カリは積極的に彼に親切にしているわけではなく、そのほうが自分に都合がいいだけだと、つねに明言せずにはいられないようだ。だがクレイグにはそれは建前だとわかっていた。カリは人助けをせずにはいられないタイプの人間だ。彼女は真心でまわりの世界と接している。すばらしい看護師なのも当然だ。しかも人としてもすばらしい。

クレイグは彼女が作ってくれたターキーサンドイッチをゆっくり嚙みしめながら、もう一度考えを集中させようとしたものの、無理だった。いまこの世界で自分が知っているすべての人間の中で——たいした人数でないのは否めないが——カリは彼の圧倒的なお気に入りだ。彼女のお気に入りトップテンに、トップ二十にでも、食いこむことができたらどれほど誇らしいだろう。

カリは手作りランチにまで愛情をたっぷり詰めこんでいた。彼女が自分になんらかの感情を抱いているなどとうぬぼれてはいないが、興味深いことに、カリは愛情を持って接する以外に人とのつきあい方を知らないらしい。ずしりと重いクレイグのランチバッグの中身は、固ゆで卵が三つにターキーサンドイッチ、ヨーグルト、プレッツエルがひと袋、それにバナナとリンゴだ。

「あなたは——体が大きいでしょう」彼女は言った。「いっぱい食べなきゃいけないだろうと思って」

そのときは彼女のことを笑ったものの、床に這いつくばって何時間も労働したあとでは、たっぷりのランチがしみじみありがたかった。

クレイグは作業に戻った。前よりやや体がこわばっていたが、腹はすっかり満たされていた。その日は、トータルで十二時間働いた。永遠に終わらないかに思えた。片づけて帰宅しようとスティーヴンがようやく宣言したときにはほっとしたものだ。

「きみは作業はのろいが」スティーヴンはクレイグの背中を叩いて励ました。「少なくともまじめだ」

「ありがとう、スティーヴン」クレイグは返した。「きみは説明はへただけど、少なくとも今日ぼくを雇ってくれたくらいのお人好(ひとよ)しだ」

スティーヴンは大笑いした。「そりゃどうも」

クレイグは帰宅して熱いシャワーを浴びた。始めは脚と背中のストレッチをするつもりでいたが、シャワーでかなり体がほぐれたので、ソファに座った。数分座るだけだと自分に言い聞かせたものの、腰をおろすなり、体がクッションに溶け落ちるかのように感じた。全身がだらりと弛緩(しかん)し、身を乗りだしてテレビのリモコンをつかむのもひと苦労だった。料理番組をつけたところで、すぐにうとうとと眠りに落ちた。

翌朝早く、カリが帰宅した物音でクレイグは目が覚めた。彼女に会うのが楽しみでソファから跳ね起き、互いの居住スペースを隔てているドアをそっとノックした。いつものうっとうしそうなため息が聞こえるかと少し待ったが、何も聞こえない。彼はもう少し強めにノックし、ふたたび耳を澄ました。

ドアに耳をくっつけると、物音が聞こえる気がした――いや、そんなはずはない。誰かが泣いている声がするなんて。カリに何かあったのか？　猫の一匹に何かが？　思わずドアの取っ手をつかむと、驚いたことにすんなりとまわった。

クレイグは静かにドアを開けて頭を突き入れた。照明はひとつしかついておらず、暗がりの中でカリが小柄な体をソファに沈めてうずくまっているのがかろうじて見えた。彼女はすすり泣いている。

「カリ、大丈夫かい？」戸口から呼びかけた。

「ええ、わたし――」しゃっくりとすすり泣きが混ざったような音をたて、彼女はふたたび泣きだした。

クレイグは駆け寄った。そこで彼女を抱きあげて慰めたい――だが、それは不適切だろうと気がついた。彼女のかたわらに腰掛けることにした。

「何があったんだ？」そっと問いかけた。部屋の隅にティッシュの箱があるのに気づき、彼女のために持っていく。

カリはティッシュを受け取って洟をかんだ。「ありがとう」

「ほら」クレイグはさらに二枚渡し、使用済みのを引き取った。

彼女は目元をぬぐうと、息を深く吸いこんだ。「担当の患者が亡くなったの」

「そうか」クレイグは言った。こんなときはなんと声をかければいいのだろう。始めは冗談でも言おうかと思ったが、口にすべきではないこと以外、何も浮かばなかった。

「残念だったね」

カリは唇をきゅっとすぼめてうなずいた。「ええ、残念だわ」

ふたりはしばらく無言で座っていた。クレイグは静けさが苦手だった。

「あのヒキガエルのベッツィが何かやらかしたのか?」

カリは笑い声をあげた。

よかった――ベッツィはいつでも無難な標的だ。

「いいえ」彼女が答える。「事故に遭った患者だったの」

「ベッツィがその人を床に落としたとか?」

「違うわ」カリは微笑んだ。「そんなんじゃないの。彼は――自動車事故に遭って搬送されてきて」

クレイグは顔を曇らせた。「そうだったのか」

「この数日、わたしが担当していたの。まだ子どもって言ってもいいくらい若くて……彼のご両親は遠くに暮らしていたから、どうにか今日に間にあって……」ふたたび泣きむせぶ。

クレイグは歯を食いしばった。動揺するカリを見ているのはつらい。その患者を生き返らせることができたら。何かできたら。なんだっていいから。彼はティッシュをもう一枚渡した。ソファに丸まって座る彼女はひどく小さく、孤独に見えた。クレイグは彼女に少し近づいて、肩に腕をまわさずにはいられなかった。

カリは身を寄せてきたりはしないものの、彼を押しのけようともしない。

「ほかにきみにできることはなかったんだろう」そっと言った。

カリは首を振った。「まだ二十歳だったの……わたしの弟と同い年。到着したご両親がただ言葉を失う姿を見るのは……」彼女は口をつぐんで目をつぶった。

「無理に話さなくて大丈夫だよ」クレイグは言った。

カリはふたたび、さっきよりも静かに泣きだして、彼に寄りかかった。クレイグはもう片方の腕もカリの体にまわし、すすり泣く彼女を抱いていた。いまは声をかけずに泣かせてやるのが一番だ。

しばらくするとカリが泣きやみ、洟をすするだけになった。そこでクレイグは、二階へあがってシャワーを浴び、ベッドに入るよう彼女に勧めた。カリはうなずいて、何も言わずに階段をあがっていった。

クレイグは彼女が消えた暗い廊下を見つめた。あと三十分でスティーヴンが迎えに来る。最初は、ありがとう、だがけっこうだとスティーヴンに告げるつもりでいた――今日もまたあんな肉体労働をするのは自分には無理だと。でも、いまは……。

カリはクレイグのせいで夜勤を押しつけられているというのに、自分は彼女が見つけてくれた仕事をきついからと言って辞めようとしている。ぐうたらだから。クレイグは自分が恥ずかしくなった。カリの仕事のほうがずっときついのに、よくも赤ん坊みたいにだだをこねられるな?

体を伸ばすと関節と背中がボキボキと鳴り、心配になるような音をたてた。クレイグはカリのランチバッグを見つけて容器を洗った。ニンジンやひよこ豆のペースト(フムス)など、昨日の彼女のランチを思いだしながら中身を詰めた。彼女のためにターキーサンドイッチを作り、卵のゆで方は知らないので、食品棚にあったチョコレートの小袋を放りこんだ。ピンク色のランチボックスを冷蔵庫に入れたあと、彼女が気づくよう短いメモを書き残した。

自分の分のランチも急いでこしらえ、手当が出たら次の食料の買い出しは自分が支払おうと、頭の中でメモをした。

外へ出て冷たい朝の大気に吐く息が白くなるのを眺めつつ、スティーヴンの到着を待った。幸い、スティーヴンは時間に正確で、五分ほど待たされただけだった。

「おはよう、クレイグ」

「おはよう、スティーヴン」トラックの助手席に乗りこんだ。

「今日は来ないんじゃないかと心配してたんだ」スティーヴンはにやりとして言った。

クレイグは声をあげて笑った。全身が痛む。だが腹の底を焼く羞恥心のほうが筋肉痛よりもつらかった。「ずいぶん信用がないんだな」

9

ＩＣＵでの連続夜勤が明けたときには、カリはふらふらになっていた。睡眠スケジュールをもとに戻そうと、木曜は午後二時まで眠らずにいて、それから短い昼寝をした。それなりに効果はあったものの、まだ少し頭がぼんやりしていた。それに、なんだかかゆい。

かゆいのはノミに嚙まれたからだと気づくのに時間はかからなかった。クレイグが保護した子猫のチップは、かわいいけれど、迷惑なお客さん連れだったのだ。いつものカリならすぐノミに気づいただろうが、その週は単にいつもの彼女ではなかった。睡眠不足と二十歳の患者の死によって、少しどうかしていた。クレイグの前で泣き崩れたのが何よりの証左だ。誰かの前で泣き崩れることなどないのに。少なくとも、いまはもう。それに誰かの腕の中で泣いたことは間違いなくなかった。あんなことをしたのは生まれて初めてだ。とはいえ、彼のたくましい腕はとてもすてきで……。

カリは夢想から自分を引き戻した。クレイグのたくましい腕のことを考えるべきではない。彼の腕はキッチンとかバスルームとかを解体するためのものだ。少なくとも、親友のアシュリー経由で聞いた話ではそうだった――クレイグは現場でなかなか役に立っているらしい。もちろん、彼の記憶喪失はちょっとした問題を起こすものの、長時間労働を厭わない彼に、総じてスティーヴンは大助かりしていた。

アシュリーはスティーヴンから耳にしただけでなく、休みの日にランチを持っていってその目で見てもいた。クレイグに会ったあとは大騒ぎだった。

〝ちょっと、カリ〟すぐにテキストメッセージが来た。〝クレイグは雑誌の表紙に載りそうなくらいハンサムだってなんで教えてくれなかったのよ？〟

〝どうでもいいことだと思ったからよ〟カリは返信した。彼が魅力的なのを否定したところで意味はない。とはいえ、女子生徒みたいに騒ぐことでもないのだ。

アシュリーは納得しなかった。〝どうでもよくなんかないわよ。間借り人はてっきり六十くらいのおじいさんだと思ってたのに、水着のモデルみたいじゃない！〟

水着のモデル？　アシュリーが水着姿のクレイグを想像するとは意外ね。彼がシャツを脱いでいるところでも目撃したのかしら。そんなことはどうでもいいけれど――カリとクレイグの関係はあくまで業務の延長なのだから。カリは患者とはデートしない——それどころか、デートは全然していない。そのことはアシュリーも知っている。同い年だった婚約者が十九歳で亡くなって以来、カリは一度もデートをしていなかった。一度だけアシュリーにだまされてダブルデートへ連れていかれたものの、カリは失礼にならない範囲でさっさと帰宅したから、あれは数に入らないだろう。

彼女が〝水着のモデル〟を間借りさせていると、アシュリーがカリの家族にしゃべるのは時間の問題だとわかっていた。だから今週末に弟の誕生日で帰省するのは絶好のタイミングだった。両親にクレイグのことを話して引きあわせよう。それにノミの駆除のために燻煙剤(くんえんざい)を焚(た)くので、タウンハウスにいられないのだから、ふたりとも泊まる場所が必要だ。

それでも、その話を持ちだすのは少しばつが悪かった。

カリは母への電話でこう切りだした。「なんていうか、事情が特殊なのよ、お母さん」

「どういうこと？」

「それが——彼はＩＣＵでわたしの患者だったの。一日だけね。そのあと、フードバンクにいたところをわたしが見つけて。彼はどこにも行く場所がなかったから、それでうちの地下室を貸したの。でもいまはスティーヴンのところで働いているのよ、だから――」

「まあ、ハニー、思いやりのあるすばらしい行為じゃない！」

母はまったく驚いた様子がなかった。カリが記憶喪失のことを説明すると、興味津々になった。

「もちろん、うちへ連れてきてもらってかまわないわよ！」不自然なくらい返事が早い。「大歓迎するわ」

「ありがとう、お母さん。それじゃあ土曜日に」

母が中西部流の気さくなおもてなしの精神を発揮しているだけなのか、はたまたクレイグのハンサムぶりをアシュリーから吹きこまれているのかは、なんとも言えない。カリは考えすぎるのはやめることにした。

ドライブ中、クレイグは彼女の家族について百にものぼる質問を連発した。彼がここまで関心を持つなんて、なんだかおもしろい。

「それじゃ、きみのお父さんは――まだ製紙工場をやっているのかい？」

「いいえ――工場をやっていたのは、わたしたちが子どものころ。わたしが十五歳のときに工場は火事で焼け落ちたわ」

クレイグは身をすくめた。「その話はしないほうがいいかな？」

「気にしないで」カリは笑った。「タブーでもなんでもないから。もちろん、当時はみんなショックを受けたけど、最終的には災い転じて福となったもの」

「それって、自分が放火したってぼくに告白しているの？」

「違うわよ」彼をぎろりとにらみそうになりながらも、カリは視線を前方へ据えていた。「そんなことは言ってないわ。工場の経営状態はかんばしくなかったし、どのみちそのあと多くの工場が次々と閉鎖されたのよ」

「ああ、そういうことか」

「それに父は保険金がおりると――」

クレイグが茶々を入れる。「それはきみが工場の火災に関わっていた証拠をすべて隠滅する前のことか、それともあと？」

「保険会社はちゃんと調査を行なって、原因は落雷だと解明したわ！」

「冗談だろう！」クレイグが驚いた声をあげる。「まさかそんなこととはね！　きみは何か魔術を用いて雷を呼び寄せたんだな？」

カリは彼を無視して続けた。「保険金がおりると、父は工場の再建を希望したわ。だけど母がうんとは言わなかった――五年で破産すると読んでいたから」

「そうなると、きみはお祭りの出店に逆戻りして、せっかくの魔力をお客さんの体重を当てるのに使わなきゃならなくなっていただろうね」

カリは一瞬だけ横を向き、怖い顔で彼をにらみつけた。クレイグが大きな笑みを浮かべてみせる。こうなったら彼に調子を合わせるほうが楽だろう。「そのとおり。よく見抜いたわね。だから母は代わりに保育所を建てるよう父を説き伏せたの」

「へえ、製紙工場からずいぶん離れたね」

カリはうなずいた。「保育所を開くのは母の長年の夢で、これ以上にないチャンスだった。それに、ほかの工場が続々と閉鎖してみんなが職探しをしているあいだ、その人たちの子どもを安い保育料で預かることができたし。あなたにごまかす必要はないわね、うちはよくただで預かっていたの」

「ビジネス戦略としてはお粗末な気がするな」

「まあ――そうね。でも、なんとかやっていた。それに地域の人たちもなんとかやっていけるよう、力になれた」

「なるほど」クレイグは微笑んだ。「きみの殉教の精神がどこから来ているのか、これでわかったよ」

「そうね」カリは眉根を寄せた。クレイグは人助けを大切だと思わない家庭で育ったのだろうか。彼の言動からはそう見える。とはいえ、彼にはもとの暮らしの記憶がないのだ。彼は美貌の水着モデルの集団とランニングをして暮らしていたのかもしれない。空き時間には鏡に映る自分にうっとりしている人たちと。忘れないようにしよう、彼には美しい妻が――血眼になって彼を探している誰かがいるのかもしれないのだと。血眼ぶりが足りていないみたいだけれど。カリはくすりと笑った。

「何がそんなにおかしいんだい?」クレイグが尋ねる。

「ううん、なんでもない。ところで、ご家族が調べられるようにどこかのサイトにあなたの写真を投稿しなくて本当にいいの?」

「それは絶対にだめだ」クレイグはきっぱりと言った。「きみが仕事でいないときに、『潮風のいたずら』って映画を観た」

「わたしは観たことないわ」

「その映画で、ゴールディ・ホーンは船から転落して記憶を失うんだ。ぼくの状況に似ていなくもないだろう。そして、彼女に恨みを持つ男が夫のふりをして名乗りでてくる。合成写真やなんかを持参して」

「待って、それなら観たことがある」彼女は言った。「あなた、男性が名乗りでてきて、その人と恋に落ちるんじゃないかと心配しているの?」

「そのとおり」クレイグは声を落とした。「それにぼくに恨みを持つ者がいるかもしれないと思うのは、考えすぎとは言えないだろう」

「一理あるわね」カリは認めた。

両親の家に到着したときには、クレイグは彼女の家族ひとりひとりについて知らないことはほぼなくなっていた。彼が根掘り葉掘りきいてくるのが少し不思議だったものの、カリの話を彼がどれだけ覚えていられるのかも気になった。ひょっとすると短期記憶障害も併発しているのかもしれない。カリはそのことを頭の中でメモした——すぐに記憶が戻らないようなら神経科医に彼を診てもらうこと。

敷地内に乗り入れ、車を止めてギアをパーキングに入れもしないうちに、母がぶんぶん手を振りながら家から走りでてきた。

「おかえりなさい、スウィーティー！」母が運転席側の窓を叩く。

クレイグが手を振り返した。「しばらく帰省していなかったのかい？」カリに問いかける。

「三週間前に帰省したばかりよ」カリは声を低めて答えた。ドアを開け、母親をきつく抱きしめる。

「ハイ、お母さん、元気にしてた？」

「今週末は子どもたちが全員そろってくれたから、本当に幸せ！」母はクレイグに向き直って両腕を広げた。「あなたがクレイグね！　噂はいろいろ耳にしているわ！」

クレイグはカリの母の抱擁を受けた。「カリからじゃないですよね？」

「わたしのわけがないでしょう」カリはそっけなく言った。「彼には気を遣わなくていいわよ、お母さん。イギリス国王ってわけじゃないんだから」

「ひょっとすると、ひょっとするかもしれないぞ」クレイグはいたずらっぽい笑みを浮かべて言った。

「ノミの王様ならね！」カリは首だけめぐらせて言うと、家に向かった。クレイグと顔を合わせた母のはしゃぎようはどう見ても過剰だ。アシュリーが何かからんでいるにおいがする。

「ぼくまで泊めてくださり、ありがとうございます、ミセス・ミッチェル」

「あら、堅苦しいことは抜きよ、わたしのことはキャンディスって呼んで！」

カリは目玉をぐるりとまわした。長い週末になりそうだ。

10

家の中へ入っていくと、すぐに痩せた小型犬が歓迎しに出てきた。膝をかがめて撫でるなり、クレイグはキッチンから転がりでてきた大型の黒いラブラドールに飛びかかられて尻餅をついた。

「こっちこそ、よろしく！」笑いながら挨拶する。

「クッキー！」キャンディスが大声で叱りつける。「いけません、いけません！」クレイグが立ちあがれるよう犬を引きはがした。

「すみません、ぼくが悪かった。あれじゃ飛びかかってこいと言っているようなものだ」クレイグは立ちあがり、ジャケットについた犬の毛を払った。

「犬たちをのさばらせちゃだめよ」キャンディスが言った。「特に、今夜はソファから落とされないようにしてね。そうそう、ソファをベッド代わりに使ってもらうんだけど、それでいいかしら？」

「とりあえず、バッグはそこへ置いて。マーシー！　エラ！　お姉さんが帰ってきたわよ！」キャンディスはキッチンで鳴りだしたタイマーを止めに行った。

カリと同じきれいな栗色の髪の少女がふたり、階段の一番上に姿を見せた。クレイグを見て固まっている。

「こんにちは」彼は小さく手を振った。

先に階段をおりてきたのは、髪を短くして濃いアイライナーを引いた少女のほうだ。

「こんにちは、あたしはマーシー」

「ああ、一家のミュージシャンだね。はじめまして、ぼくはクレイグ」手を差しだすと、彼女は顔を赤らめて握手をした。

ふたり目がおりてきて手を伸ばす。「こんにちは」

「こんにちは――エラ、だね？」クレイグは握手を交わした。

エラがうなずく。「そう。一家の頭脳よ」

カリがくすりと笑う。「それ、いつ思いついたの、エラ？」

「前の学期で四点満点の評価を取ったとき！」

マーシーが腕組みした。「美術ではBをもらってなかった？」

エラは肩をすくめた。「大学へ出願するときはカウントされないもの。美術は正式な教科じゃないでしょ」

「そんなことない」マーシーは言い返した。「どのクラスも大切よ！」

「音楽のクラスも？　ばっかみたい」エラが言った。

キャンディスがキッチンから首を突きだした。「ふたりとも、お兄さんの誕生日にけんかしないでちょうだい！」

「そうだぞ」リビングルームへ入ってきた男性が言った。「けんかは自分たちの誕生日に取っておけ！」

「ただいま、お父さん」カリが男性を抱きしめる。「こちらはクレイグよ、うちの最初の間借り人」

クレイグはなぜだか緊張した。まずは握手をしようと、急いで手を突きだした。カリの父親はその手を見おろしたあと、クレイグへ視線を戻した。両手はまだポケットに入れたままだ。

「では、わたしの娘の地下室に住んでいる男というのはきみか、家賃を払っていないんだって？」

クレイグはごくりと息をのんだ。まるで子ども向けアニメのキャラクターみたいな仕草だ。カリの父親が娘に負けず劣らず厳格だとは聞いていなかった。「そうです、サー、ですが近々支払えるようになると――」

彼が言い終える前に、カリの父親は爆笑してクレイグを引き寄せた。「ちょっとからかっただけだよ」抱きしめてクレイグの背中をばしばしと叩く。「フレッドだ、ミッチェル家へようこそ」

「どうも、フレッド、はじめまして」クレイグはまだ狐につままれたような気分のまま言った。

「双子のことは気にしなくていい」フレッドは続けた。「単にむくれているんだよ、毎年誕生日のお祝いをふたりまとめてされるものだから。部屋も一緒だし。それに出生届も――生まれたときにひとり分しか届けを出さなかったから、学校へは一年おきに交替で通わなきゃならん」

今度はクレイグも冗談だとわかり、笑い声で返した。

「お父さんったら」カリは額をさすっている。「そのジョーク、いいかげんやめにしない？」

「いいや！」フレッドは首を横に振った。「初めて会う相手にはこのジョークを言うこと。それがわが家のルールだ。そうだろう、お嬢さんたち？」

エラとマーシーがほぼ同時に目玉をぐるりとまわした。ティーンエイジャーの目玉まわしオリンピックさながらだ。クレイグは笑みをおさえこもうとした。カリの家族は期待していた以上に最高だ。

「クレイグ」マーシーが進みでた。「家の中を案内するね」

「頼むよ、楽しそうだ」

見るものはあまりなかった。やや窮屈な寝室が三部屋に、バスルームがひとつ、部屋として使えるよう整えられた地下室。

「この地下室は大学へ行くまで兄さんが使ってたの」マーシーが説明する。「だけどいまは、あたしの専用スタジオみたいなもの」

「へえ、いいね」クレイグは感嘆の目で部屋を見まわした。

「一曲歌おうか？」そう言って、マーシーはギターを取った。

エラが入り口に現われる。「クレイグはあんたの歌を聴きに来たわけじゃないんだからね」

クレイグは微笑んだ。「聴かせてほしいな」

マーシーはすかさず応じた。「どんな音楽が好き？　イギリスのやつ？　イギリスイギリスのロックならたくさん知ってるよ」自信ありげに言う。

「正直に言うと——自分がどんな音楽が好きなのかよく覚えていないんだ」

「あっ、そうか。記憶喪失だっけ」マーシーはうなずいた。「ママが言ってた」

「きみが弾いてくれるなら、どんな曲でも好きだと思うよ」

マーシーはぱっと顔を輝かせた。「オーケー、この曲、知ってたら教えて」

やや耳障りなギターの音から始まり、低音で歌う、もの悲しげな歌詞が続く。一時間、いや二時間続いたかに思えたが、実際はほんの数分だろう。クレイグは熱心にうなずいてみせた。

マーシーがギターを弾き終えると、彼は手を叩いて言った。「ブラボー！」

「いまの曲、聴き覚えはあった？」彼女が尋ねる。

彼は眉根を寄せた。「あるとは言えないな。でもきみのせいじゃないよ、本当に。ぼくは自分のラストネームさえわからないんだ」

「でも、聴いたことがあってもおかしくないと思わなかった？　ほら、ラジオとかで？」

クレイグは少女の狙いにだんだんと気がついた。「ああ」即座に言った。「たしかにそんな感じだった」

エラが入り口で大きなため息をついた。

「ほら」マーシーが言う。「あんたに言ったよね、ラジオで流れててもおかしくない出来だって」


上階が騒がしくなり、〝バースデーボーイ〟が到着したから、みんなこっちへ来てテーブルの用意を手伝うようにと叫ぶ、キャンディスの声が聞こえた。クレイグは双子に続いて階段をあがり、カリの弟コーディに短い挨拶をしたあとは、身の置き場がなくてしばらくキッチンをうろうろしていた。何か手を貸したいが、キャンディスはガスレンジで何かを確認しているし、双子とカリはテーブルへ運ぶものを持って行ったり来たりしているから、クレイグは単に邪魔なだけだ。

どうすればいいかわからず、キッチンから抜けだして代わりにコーディと話をすることにした。

「長いドライブだったのかい？」

「いや、そんなに大変じゃないです。大学はミルウォーキーなんで」

「なるほど」クレイグはミルウォーキーとマディソンの位置関係を知っているふりをして言った。「そこでの暮らしは気に入っている？」

「ええ、いまのところは」

「学部は……？」

「工学部」コーディは肩をすくめた。「まずまずって感じですね。計算ばっかりだけど。カリとはどれくらいのつきあいなんですか？」

クレイグは頭をかいて笑った。コーディは双子たちほど姉の近況に明るくないらしい。おそらく離れて暮らしているせいだろう——それに男だから。

カリが入ってきて弟を抱きしめた。「コーディ、お誕生日おめでとう」次いで、クレイグに目をやる。「それから彼はわたしのボーイフレンドじゃないわ。うちの……間借り人」

「なんだ！」コーディが言った。「すみません。姉にはずっとボーイフレンドがいなかったから——その、ルークのあとは」

「ふうん」クレイグはひやかすような声をあげてカリへ向き直った。「ルー、ルークだって？」

カリの顔が赤くなる。彼女はひと言もなしにさっさとキッチンへ戻った。

クレイグはすかさず彼女を追いかけようとしたが、ふたたびコーディがしゃべりだした。「あの――すみません。てっきり、あなたは知っているものだと」

クレイグは声を低めた。「知っているって?」

「姉の婚約者のこと」

クレイグは首を横に振った。「彼女が口にしたことはないな」

「そうですか。そうだな――姉は――あとで姉に尋ねてみてください」

「わかった」

そこでキャンディスがみんなをダイニングルームへと追いたてた。「先にケーキよ。あなたのお好みどおりにね、コーディ!」

みんながテーブルに集まると、クレイグはなおさら場違いに感じた。立ちあがってカリを探しに行こうとしたとき、彼女がテーブルの端に姿を見せた。

「何も問題ないかい?」クレイグは声をひそめて問いかけた。カリはいつもと変わらない様子だ――動揺しているように見えたのは思い過ごしだったのだろうか。

「ええ、どうして?」カリはもの問いたげに見返した。演技はうまいが、クレイグをだませるほどではない。何か隠しているとわかる。それがなんであれ、彼女はみんなの前では触れないだろう。彼はそれ以上追及するのはやめておいた。

キャンディスが手作りの大きなケーキを運んできた。灯（とも）された二十本の蠟燭（ろうそく）が壮観だ。みんなでバースデーソングを歌ってケーキを切り分け、そのあとコーディはプレゼントを開けた。双子からはフードつきのトレーナー、カリからは学校で使えるようにと新品のタブレットだ。

何も持ってきていないクレイグは少しばつが悪かった。手当が支払われるのは二週目の終わりだから、まだいわば一文なしなのだ。もっとも、深く恥じ入る暇はなかった。おもしろいゲームを考えたからディナーの前にやろうよと、マーシーが言いだしたおかげだ。

「いい、これからやるのは言葉の連想ゲームだよ。あたしが単語をひとつ言うから、最初に頭に浮かんだことを答えてね。クレイグの記憶を掘り返すのに役立つかもしれないでしょ！」

悪くないアイデアだ。「オーケー」

「じゃあ、準備はいい？　考えてはだめよ、ぱっと頭に浮かんだことを言って」

「了解」

「いくよ――街！」

クレイグは動きを止めた。「風景？」

マーシーがひらひらと手を振る。「長くかかりすぎだよ。頭に浮かんだことをすぐ言うの」

「わかった、ごめん」クレイグは集中力を高めようと身を乗りだした。

「いいよ、大丈夫」マーシーが返す。「次いくよ？　食べ物！」

今度は逡巡しなかった。「パンケーキ」

テーブルでどっと笑いが起きた。クレイグはみんなを見まわした。「何がそんなにおかしいんだい？」

「あなたの言い方があんまり真剣で」カリが言った。「そもそもパンケーキを食べたことはあるの？」

「そうだな、ぼくの記憶にある限りはない」クレイグは答えた。「でも、テレビのコマーシャルで見て、すごくおいしそうだった」

さらに笑いがあがる。エラは自分も楽しみたくなったらしい。「わたしにも質問させて！　クレイグ、こっちを見てね。集中よ、いい？」

クレイグは頰がゆるむのをこらえてエラを見た。「よし、来い」

「車！」

「運転手」

「家！」

「帰る場所」

「ママ！」

「マギー」

エラは言葉を切ってすっと目を細めた。「それ、あなたのお母さんの名前？」

クレイグは一瞬固まった。「そうだ。ぼくの母の名前はマギーだ！」

「やったね！」マーシーが勝ち誇った声をあげた。

「クレイグ」カリが彼を見つめる。「お母さんのラストネームは？」

彼は集中しようとうつむいた。しかし何も出てこない。「わからない」結局、彼が言えたのはそれだけだった。

「いいじゃない」マーシーが両手を合わせる。「進展があったんだもん」

連想ゲームはさらに二十分続き、みんなが順番に言葉をあげていった。だが、クレイグからそれ以上新事実が引きだされることはなかった。実のところ、彼は集中力が少し散漫になっていた。マギーという名前を頭の中で何度も繰り返す。母の顔がまぶたに浮かぶとか、母にまつわるほかの詳細を思いだせればと期待したが、頭を絞れば絞るほど、それらは遠のくようだった。

ゲームは活気を失いだし、ほどなくディナーが始まった。キャンディスが腕を振るったコーディの好物、何かしらのポットローストは、頬が落ちそうなおいしさだった。ディナーのあと、クレイグはテーブルの片づけを手伝い、それからみんなでリビングルームへ場所を移して、『ピクショナリー』というボードゲームをやった。ルールを説明してもらうのに数分かかったものの、お題を絵に描いて自分のチームに当ててもらうのだと理解すると、クレイグは俄然やる気が湧いてきた。あいにく、カリの家族はひとり残らず彼よりこのゲームが上手で、しかも彼の描く絵は悲惨なことが判明した。

途中、フレッドはクレイグの描いたへたくそな教室の絵を持ちあげた。「クレイグ、これはきみの医者に見せたほうがいい」

「えっ！　どこからどう見ても教室の絵でしょう」

「なんで教室に小さな墓石がびっしり並んでいるんだ……」フレッドは指摘した。

「この絵は精神科医に見てもらうべきだぞ」

「それは机です」クレイグは言い張った。

カリは父親に賛成した。「彼の診療記録に必ず加えるわ」

その夜は顔が痛くなるほど笑いに笑った。みんなが寝室へさがって、自分はソファに体を横たえたときには、クレイグは疲労困憊していた。それは滑稽なほど小さなソファで、脚の大部分をはみださせるか、子犬みたいに丸まるかしなければ横になれない。だが気にはならなかった。なぜかこの家の人たちは彼を家族の一員のように歓迎してくれた。実際は身元も知れない客なのに、そうは感じさせなかった。

クレイグは目を閉じた。まぶたに映るのはカリの笑顔ばかりだ。母の名前や、自分の職業、どこから来たのかについて考えようとしても、カリのことしか頭に浮かばない。自分が何者なのか、永遠に思いだしたくない気持ちもあった。一生カリの地下室を借りたままでいられないだろうか。それだって、そう悪いことではない。

一方で、後ろめたさもあった。クレイグのことを心配している人たちが必ずいる――彼を探している人たちが。もしも彼にガールフレンドがいたら？　妻が？　それなのに自分は別の女性と恋に落ちかけているのだろうか？

ほかに愛する人がいるなら、忘れるはずがなかった。そうだ――クレイグは自分の心の中にいる女性はカリひとりだと断言できた。彼女が家族と一緒にいる光景は、彼の熱い想い(おも)に拍車をかけただけだった。この気持ちは否定しようがない。

せめて自分の正体がわかれば、ありのままの想いをカリに伝えられる。クレイグは心を決めた。ひょっとすると、カリも彼の気持ちを受け入れる気になってくれるかもしれない。クレイグはいつの間にか眠りに落ち、夢の中でカリの顔が現われては消えた。

11

日曜日、母は〝いつでも歓迎するから〟と、カリが恥ずかしくなるほどクレイグとの別れを惜しんだ。まじめなことなどめったに口にしない父まで、〝ユーモアのセンスがある相手がいて楽しかったよ〟とクレイグに告げた。カリは目玉をぐるりとまわさないよう気をつけた。そのあとの帰りの車内でカリは、もとの暮らしでは子どもがいるのではないかとクレイグに言った。

「本当に？」彼は少しぎょっとしたようだ。「そんなことは思いもしなかった」

「父のジョークにウケていたから言ってみただけよ」

クレイグは微笑んだ。「ああ」

カリは後ろめたくなった――彼女の言葉のあと、クレイグは物思いに沈んでいる。何も本当に子どもがいて、彼が記憶喪失になっているあいだ、ほったらかしにされているかもしれないとほのめかすつもりはなかったのだ。カリはその冗談はもうそこまでにした。

数分ほどしてクレイグが口を開いた。「きみの家族は——」

「クレイジー？」彼をさえぎって言った。

クレイグがかぶりを振る。「すてきだね、と言おうとしたんだよ」

「あら、ありがとう」まじめなクレイグには慣れていない。「その——そう言ってもらえるとうれしいわ」

「ぼくには家族がいるのかな。ぼくを探しているんだろうか」

カリはいたわりの笑みを投げかけた。「探しているに決まってるわ。あなたはお母さんの名前を思いだしたじゃない、すごいことよ！」

「そうだね」彼は少し明るくなった。「マーシーのおかげだ」

ふたりとも沈黙し、数分ほど車を走らせたあとでクレイグがふたたび口を開いた。

「きみに謝りたい、ルークについて尋ねたことを」

「気にしないで、あなたは知らなかったんだから」いまなら彼女も気持ちを整理する時間があった。コーディがそのことを持ちだしたのに驚いただけだ。「彼の誕生日が近いの。二週間後よ」

「誕生日？」

カリはうなずき、まっすぐ道路を見続けた。「いつもその日は休みを取るの。彼のご両親に会いに行って、彼のお墓参りをするために」

クレイグは彼女を見たが、何も言わない。

「ルークとは高校生のころからつきあっていたの」カリは続けた。「最終学年のとき、彼に癌が見つかった。白血病よ」

「つらかったね」クレイグは静かに言った。

カリはつばをのみこんだ。あのときは本当につらかった。自分はなぜクレイグにすべてを打ち明けているのだろう。「ルークはプロポーズしてくれたわ——病気に勝ったらすぐに結婚しようって。でも、彼が勝つことはなかった」

クレイグは彼女のほうを見た。「カリ、心から残念に思うよ」

「いいの。昔のことだから」彼に目を向けるのは避けた。涙を見られたくない。たしかに昔のことだけれど、愛した男性はルークひとりだけだ。これから先もそれは変わらない。それだけははっきりしていた。自分の心に、ほかの人が入る余地はない。

それから間もなく家に到着した。カリはばたばたと用事に追われた——隣家で預かってもらっていた動物たちの引き取り、食料品店への買い出し、ランチの用意。できることは手伝うとクレイグに食いさがられたものの、ランチの用意しか手伝わせなかった。しばらく彼から離れていたかった。自分から恋人のことをもっと尋ねられるのが怖かったし、それ以上に、自分から恋人のことをとめどなく話してしまうのが怖かった。その死から長い歳月が流れ、ルークのことを尋ねる人はもういなかった……カリはいつでも彼のことを考えているのに。

クレイグは二度とその話を持ちださなかった。代わりに彼がきいてきたのは、固ゆで卵の作り方だ。この前、カリにちゃんとしたランチを持たせられなかったのを申し訳なく感じているらしい。あれだって、充分すぎるくらいちゃんとしていた。数年ぶりに、誰かが彼女のためにランチを用意してくれたのだ。人の作ってくれたものは、なぜだかいっそうおいしく感じるものだ。けれども、そのことは彼には言わなかった。代わりにエッグタイマーの使い方を教えた。

その夜は、一緒にテレビで『カジノ・ロワイヤル』を観た。不思議なことに、クレイグは過去五十年間にボンドを演じた俳優の名前がすべてわかるだけでなく、ボンド映画全部のあらすじを知っていた。

「ぼくの脳内でボンドが記憶されている場所は、友人や家族、愛する人たちの記憶がある場所とは別のところなんだろうな」

「よほどボンドを愛しているのね」カリは苦笑した。

「ああ」心からと言わんばかりに、クレイグはおどけて左胸に片手を当てた。

映画のラストまで観ようとクレイグに言われて、その日は少し夜更かしをした。今週はほかにも彼の好きな映画を観ることも約束させられた。それらの記憶がもとの暮らしにまつわる別の何かに結びついているかもしれないと期待して、カリは同意した。月曜日になるとそれぞれ仕事へ戻り、夜はふたりで座ってボンド映画を鑑賞するという、一種のルーティンができあがった。クレイグは映画に夢中になった。カリは決して認めるつもりはないものの、彼の喜ぶ姿を見るのがうれしかった。

週の終わりには、カリは消耗しきっていた。ベッツィから追加のシフトに入るよう求められ、クレイグについては何も触れないとはいえ、いまだにそれを盾に取っているのが感じられた。だけど、いつまでそうする気だろう？　いずれ新たないやがらせのネタを見つけてくるはずだ。

その週の金曜は、夜になると新たなルーティンにのっとって、クレイグと並んでソファに腰を落ち着けた。

「よし、『トゥモロー・ネバー・ダイ』を観る？　それとも、ほかの映画がいい？」

カリは肩をすくめた。「なんでもいいわ」

「ぼくの観たい映画ばかり観ているだろう」クレイグは言った。「今度はきみが選んでくれ。ぼくが選ぶのはもうおしまい」

「わたしは本当になんでもいいの。どのみち始まって数分もしたら寝ちゃいそう」

クレイグは眉根を寄せた。「そうか。それなら明日に備えて眠ったほうがいい」

「どうして？」

「サプライズがある！」

「うわあ」カリはうめいた。

「ひどいな。きっときみも喜ぶと思うよ」

「何をするの？」

「ええと」彼は背筋を伸ばした。「まず、今日スティーヴンが手当を払ってくれたんだ。正直、払ってもらえるとは思っていなかったが、払ってくれた」

「ふうん」スティーヴンへの信頼のなさをからかう気力もなかった。

「それが一番目のいいニュース。これできみに二週間分の家賃を払って、次の買い出しではぼくが支払いをできる。それに服の代金も返すよ」

カリはため息をついた。「そんなに払ったら最初の給与はほとんど残らないでしょう。それに、わたしはお金に困っていない。何週間かは待てるわ」

クレイグは腕を組んだ。「ぼくは借りたものは必ず返す」

彼女は笑った。「きっとそうでしょうね。わたしはただ、返済までまるまる一カ月の猶予があれば、あなたにとっても公平だと言っているだけ」

「わかった。それなら月末まで待ってくれ」

「決まりね」カリは目を閉じた。ソファがあまりに心地よくて、抗(あらが)えなかった。

「ぼくとしてもそのほうがよかった。これなら明日のディナーの予算が充分にある」

カリはぱっと目を開けた。「どこへ行くの?」

「ぼくたちは〈アマルフィ・コーナー〉へ行くんだ」

「本気?」カリは体を起こした。同僚たちがいつも話題にしているレストラン――記念日やお祝いはここでなくてはという場所だ。言うまでもなく、カリは行ったことがない。自分ひとりで豪華なディナーに大金を払う理由がないでしょう?

「ああ、きみも聞いたことがあるんだね?」クレイグはぱっと表情を明るくした。「それならよかった。ぼくはバスでダウンタウンへ行ったときに見かけて――」

「クレイグ、あそこはすごく高級なのよ。一カ月前から予約しないと入れないし」

彼は肩をすくめた。「じゃあ、最初に通りかかったときに予約を入れたのは賢明だったってことだ、そうだろう？」

彼女はあんぐりと口を開けた。「本気じゃないわよね」

「本気だよ。お金の心配ならいらないよ。手当をもらったばかりで、家賃の支払いは二週間後だからね」クレイグはウィンクした。

カリは笑い声をあげ、首を横に振った。「わたしは行かない」

「ぼくのおごりだ。頼むよ。ひとつだけでもきみのためにいいことをさせてくれ、きみがぼくのためにしてくれたたくさんのいいことのお返しに」

カリは嘆息した。外出先でベッツィに見られたらどうするの？　とはいえ、ベッツィが同じ夜、同じレストランにいる可能性はどれくらいあるだろう？　一緒にディナーへ出かける相手がいないのはベッツィも同じはず、それは間違いない。

「きみがだめなら」クレイグは声を落とした。「きみのお父さんを誘うしかないな。あの店のムードがお父さん好みとは思えないけど」

「そうね、父の好みじゃないわ」カリは唇を噛んだ。なんの差し支えがある？　これから先、あんなレストランへ行くチャンスは二度とないかもしれない。それに週末の予定があるわけでもない。

「わかったわ」ようやく応じた。「でも自分の分は払うから。割り勘(ゴー・ダッチ)よ」

「オランダ人（ダッチマン）の仮装で行くのか？　それは勘弁してくれ」彼は手をひらひらさせた。

「そういう言いまわしがあるの」彼女は返した。「意味は――」

「へえ？」クレイグはふいに立ちあがった。「聞いたことないな。ポップコーンを食べるかい？」

映画はほとんど観られなかった――というのも、カリは開始二十分で眠ってしまい、目を覚ましたのは深夜、クレイグがテレビを消そうと立ちあがったときだった。のろのろと二階へあがり、また眠ってしまう前にベッドに入る支度をした。

翌朝は早起きし、いくつか用事を片づけに街へ出かけた。途中、お店をのぞくことを考えた。ディナーのために新しいワンピースを買おうかしら。すてきな服を買うことを考えるのさえ本当に久しぶりで、クローゼットに手ごろな服があるのかどうかもわからない！　でも、クレイグに勘違いさせたくはなかった。彼とは友だちとして出かけるだけだ。それに、たったひと晩のためにワンピースを買うのはもったいない。外出することがめったにないから、二度と着ないかもしれないのだ。

帰宅後、バッグから携帯電話を取りだすと、アシュリーからテキストメッセージが届いていた。

〝ヘイ、お嬢さん。ずっと会ってないよね。今夜、うちへ来てガールズナイトはどう？　泥のフェイスマスクを買ってあるの！〟

カリは顔をほころばせた。楽しそう――それに最近はアシュリーと会う努力をしていなかったことに、罪悪感もある。〝いいわね、楽しみ！　でも今夜はクレイグがディナーに連れていってくれるの、お礼の意味でね。それが六時からなんだけど、終わってからそっちへ行くのでは遅すぎる？〟

ただちに返信が来た。早すぎだ。〝あらあらあら、ホットなデートね！　お邪魔虫は消えるわ！〟

カリはため息をついた。〝違う。そういうのじゃないの。あとで行くわよ？〟

〝もちろん！　じゃあ、またあとで！〟

クローゼットには、カリが存在を忘れていた、きちんとしたワンピースがあった。その夜、外出の準備をしながら気分が少しだけ高揚するのを感じた。ドレスアップするのも、遊びに出かけるのも、とんとご無沙汰だった。自分の誕生日でさえ控えめにしがちなのだ。こういうすてきなレストランにアシュリーや母と出かけてもいいのだが、なんだか言いだしにくかった。自分は世界でひとりぼっちだと余計に身にしみそうな気がした。たとえそれが事実でも、くよくよ考えてしまうのがいやだ。

階段をおりていくと、クレイグが待っていた。

「もう出かけられる？」カリは問いかけた。

立ちあがる彼の口がほんの少し開いている。「きれいだ」

カリはうさんくさそうに目を細めた。「一点だけはっきりさせておきたいのだけど、今夜は友だち同士として出かけるのよね？」

クレイグが咳払いする。「ああ、もちろんさ。ちゃんとわかっているよ。余計なことを言って悪かった」

カリはコートを着た。「それならいいわ」クレイグはもう少しだけ彼女を眺めたあと、自分もコートをまとった。彼もなかなかすてきだ。

その週、クレイグはスティーヴンに車を出してもらい、服を少し買い足しに出かけていた。彼はどんな服でも完璧に着こなせるらしく、さらにモデルっぽく見えた。いまの彼をアシュリーが見たら、また大騒ぎになるだろう。〝アシュリーにそのチャンスを与えないこと〟とカリは頭の中でメモした――そんなことになれば、詳細をカリの母親へ報告されるのは時間の問題だ。あのふたりがどんな策略をめぐらせていようと、カリは興味がなかった。クレイグはただの友だち――実際には間借り人――だ、どれだけ彼が魅力的だろうと。

12

雪が降っていて、少しのろのろ運転になったが、駐車場からレストランまで雪景色の中を歩くのはなかなか趣があった。時間どおりに到着したにもかかわらず、席へ案内されるまで十分間待たされた。クレイグは気にしなかった――ほかにどこか行くべき場所があるわけでもない。カリと一緒に時間を過ごすのが好きだった。それに今夜の彼女ははっとするほど美しく、見つめないようにするのに苦労した。

カリは友だち同士として外出するだけと言って譲らないが、傍目にはデート中のカップルに見えるだろう。主な違いは、本物のカップルよりどちらも饒舌なことだ。レストランにいる客の多くは携帯電話を見ているか、床を見ているかで、なんであれ相手の顔以外の場所を見ている。おかしなものだ。

レストランはこぢんまりとしていて、ふたりはようやく隅のテーブルへ案内された。カリは何にするか決められず、しばらくメニューとにらめっこをしていた。

「フジッリとニョッキのどっちがいいか、決められないわ」

「ニョッキはパンをくり抜いた中に入っているみたいだよ」クレイグはまわりを見て言った。「おもしろそうだ」

「そうね……」カリはまだ考えこんでいる。

「じゃあ、こうしたらどうだい？　ぼくはニョッキ、きみはフジッリを注文する。そうすればどっちも食べられる」

カリは相好を崩した。「それ、いいわね！」

クレイグは身を乗りだした。「カラマリも試してみる？」

「前菜に？」カリは眉根を寄せた。「それってタコ料理？」

「イカだと思うな。フライだからそのままの形では出てこないよ」

「だったら、挑戦してみる」彼女はメニューを閉じた。「注文は決まりね」

彼女がメニューをおろすと、ウエイターがやってきて注文を取り、パンが盛られたバスケットを置いていった。焼きたてなのでほかほかだ。

「昇天しちゃいそう」カリがパンをひと口食べて言った。「すごくおいしい！」

「だめだめ」クレイグはパンのバスケットを彼女から遠ざけた。「きみに喜んでほしかったけど、そこまで喜ばれては困る。きみに昇天されたら、ぼくはきみのお母さんに殺されるよ」

カリは口元を押さえて心の底から楽しそうに笑った。「ごめんなさい。お願いだから、パンを返してもらえない？」

「えっ」クレイグはバスケットをテーブルの少し上に掲げたままで言った。「これを？　悪いが、それはできないな。厨房のスタッフが回収しに来るところだ」

「どうして？」

「あとでホームレス・シェルターへ持っていくんだ、自分のことばかり考えるのはいけないぞ」

「そうね、反省する」カリは応じ、くすくす笑った。

クレイグも昇天しそうだった。彼女がこんな笑い方をするのを初めて見た。まじめなカリからは想像もできないことだ――だがお茶目なカリもすごくいい。

「でもいいかい、まだここにパンがあることにスタッフは気づいていない」クレイグはひそひそと言った。「焼きたてのパンできみが喜ぶなら、残りも食べられるようぼくが彼らからパンを隠してあげよう」

カリは両眉をあげた。「ありがとう、クレイグ。それとも、ボンドと呼ぶべきかしら？」

彼はバスケットをテーブルに戻して手を払った。「ぼくに感謝する必要はない。訓練をしてぼくをここまで優秀に仕立てあげた女王に感謝したまえ」

水を飲んでいたカリが笑ってむせる。「御意」咳がおさまると、彼女は言った。

カリがパンの大半を食べ終えてほどなく、前菜が運ばれてきた。彼女は輪切りにして衣をつけて揚げられたイカをひとつつまみあげ、疑わしげに眺めた。クレイグはぽいとひとつ口へ放りこんでうなずいた。「うん、ぼくの記憶にあるとおりだ」

カリはすっと目を細めた。「本当に、よりにもよってカラマリのことは覚えているの？」

「いいや」彼はもうひとつ口へ放りこんだ。「でも、そう口に出せば何か思いだすかもしれないと思って」

カリは笑い声をあげてひと口食べ、顔をしかめた。

「あれ、好きじゃなかった？」

「いいえ、そうは言わないけど——想像していたのと全然違う」

「どんなのを想像していたんだい？」

彼女は肩をすくめた。「ぬるぬるした触手が入っているんだと思ってた」

今度はクレイグが顔をしかめた。「それはいやだな。万が一にもそんなのが入っていたら、即刻この店から逃げたほうがいい」

カリが大声で笑うと、ひとつ先のテーブルに座っている年配のカップルからにらまれた。カリはうつむき、その頬にかすかに朱が差しているのにクレイグは気づいた。

彼は向こうのテーブルへ目をやった。年配の男は視線でぐさぐさと刺すようにいまもカリをにらんでいる。「何かご用ですか?」クレイグはにこやかに問いかけた。

男はふんと息を吐き、しかめっ面の妻へと視線を戻した。

カリはテーブルの下で彼を蹴った。「クレイグ、お行儀よくして!」とささやく。

「行儀はいいだろう! 彼らは何か用があるみたいだったから」

ちょうどそのとき料理が運ばれてきた——途方もなく大きな皿に途方もなく大量の料理が盛られている。テーブルはほとんど皿で埋まった。カリは大感激してニョッキに取りかかったが、半分ほど平らげたところでうめき声とともに椅子の背に寄りかかった。

「おなかがはちきれそう」

「まだ食べだしたばかりだろう」クレイグは笑って言った。「こっちのニョッキも食べたいんじゃなかったっけ？」

「じゃあ、ひと口だけ」カリがテーブル越しにフォークを伸ばしてきた。

「おなかにデザートの分の余裕は残しておいてくれよ」

「もう無理！　ぱんぱんよ」彼女はクレイグのパスタをひと口食べた。「わあっ、これも本当においしい」

「これ全部は食べられそうにないな」彼は言った。「残りは持ち帰って、明日きみが食べればいいよ」

「だめよ。それじゃあ、あなたの分を横取りするみたいだわ！」カリはひそひそと言った。「わたし、普段はこんなにがっつかないのよ」

「きみはがっついてなどいないよ。きみの言うところの〝独身者のお粗末な食事〟で生きのびてきた女性なら当然のふるまいだ」

カリは額をさすった。「ええ……ヨーグルトに卵にサラダ。どれもすばらしく健康的よ」

「そうだね。だけどそういう食べ物は、パンをくり抜いたボウル入りのニョッキみたいに魂まで満腹にはしてくれない、違うかい？」

「魂は満腹にはならないわね」彼女は認めた。

クレイグは目でウエイターに合図し、デザートメニューを持ってくるよう頼んだ。

「持ち帰り用の箱もご用意しましょうか、サー？」ウエイターが問いかける。

クレイグはカリへ目をやった。

「ええ、お願い」

メニューが来ると、カリはティラミスを何口かだけなら、と考えを変えた。

「仰せのとおりに」クレイグはそう言うと、ウエイターを探しに立ちあがった。デザートの注文を伝え、支払いまですませておきたい。カリは気を遣って割り勘を申し出てくれたが、彼女をもてなしたくてここへ連れてきたのだ。彼女のしてくれたことに比べたらささやかすぎるお礼だが、それでもお礼に変わりはない。それに、これ以上彼女のためにカリに無駄遣いをさせる気はなかった。

うまいことウエイターをつかまえ、数分後には支払いをすませてテーブルへ戻った。

「すまない」腰をおろして謝る。「お手洗い(ルー)へ行っていたんだ」

カリは鼻を鳴らした。「ルーですって！」

「まあまあ」クレイグは降参の印に片手をあげた。「自分の言葉遣いを変に意識してしまうよ」

「ごめんなさい」カリは少し真顔になって謝った。「あなたが目を覚ましたときのことは覚えている？　わたしに尋ねたでしょう、自分は本当にイギリス人なのか、それとも目覚めたら話し方が――」

彼は片手で両目を覆った。「十五世紀のイタリア語、あるいはベトナム語を話しだした事例みたいにね。ああ、覚えている」

「恥ずかしがることはないわ。おもしろいと思っただけ！」

「だろうね。でも、ぼくは最初から意図的にアクセントを偽っているのかもしれないぞ」

カリは眉根を寄せた。「そんなのあり得ないでしょ」

「そうかな？」クレイグはアメリカ英語のアクセントを精一杯まねして言った。数週間前なら危ない橋を渡るようなものだが、いまでは彼女もこちらのユーモアに慣れている。たとえ、たいていはあきれ顔で目玉をまわすだけとはいえ。

「どうでもいいわ、ティラミスが来たわよ」カリが目をみはる。

クレイグは声をあげて笑った。いまやカリは彼の冗談を聞き流すまでになった。彼を少し怪しみながらも親切にしてくれていたころより、なぜだかいまのカリのほうが魅力的だ。

ウエイターがカリの前に皿を置き、彼女は礼を口にした。

「あっ、フォークがひとつしかないわ」カリが言った。

クレイグは気づかなかった。また彼女を見つめていたせいだ。「えっ？　ああ、いいよ。ぼくはケーキはいらないから」

「ティラミスは嫌い？」

クレイグはふと考えこんだ。「どうだろう、わからないな」

「それなら、隣へ来て、あなたも少しどうぞ」

二度勧められる必要はなかった。クレイグはすぐにカリの隣へ自分の椅子をずらした。スペースがあまりないので、ふたりの体が触れあいそうなくらい近づく。しかし彼女は気にする様子もない。

「はい」カリは層になったケーキをひと口分すくった。自分の手の下に反対の手をそえて、フォークを慎重にクレイグの口へと持ちあげる。ひと口分にしてはかなり大きい。

「ぼくの記憶にある限り、ひと口分のケーキがこんなに大きいのは初めてだが」彼は口いっぱいに頬張って言った。「なかなかおいしいよ」

「持ちあげてから大きすぎるかと思ったけど、遅すぎたの」

カリと目が合ったものの、クレイグは自分から目をそらした。彼女の手からフォークを取り、もっと小さなひと口分をすくいあげる。「きみの番だろう?」

カリが唇を開いて上品にケーキを口にした。クレイグは、キスをしたいという激しい欲求に駆られた。彼女の口の端にチョコレートがついている。クレイグはナプキンを取り、彼女の口へと持ちあげた。

カリはそれを止めなかった。

「口元にちょっと何かついているよ」クレイグは静かに言った。

「あら、ありがとう」

ぬぐうときに、ほんの一瞬手がカリの頬をかすめた。やわらかな肌だ――驚いたことに、彼女がつかの間目を閉じる。

クレイグの鼓動が高鳴った。もうこれ以上は我慢できなかった。キスせずにいられない。クレイグはゆっくりと身を乗りだした。唇が重なりかけた瞬間、彼女の携帯電話が鳴りだした。

カリは体を引いて咳払いした。

「ごめんなさい、無作法をするつもりはないけど、電話に出なきゃ」

「かまわないよ」クレイグは言ったが、彼女はすでにテーブルから立ちあがり、歩み去っていた。

テーブルに残されたクレイグはケーキを凝視した。心臓が早鐘を打っている。実のところ、巨大なひと口を食べたというのに、なんの味もしなかった。カリにばかり集中していたのだ。キスをするつもりは毛頭なかった。友だち同士でいることに彼女がこだわっているのも承知している。だが、どうすればそれを貫けるだろう？　もとの暮らしのことはほとんど思いだせないものの、これまで出会った中で彼女は一番すばらしい女性だとわかる。その確信がある。彼女の笑顔を見るたび、胸の中でそう感じることができた。夜更けになっても眠りにつけず、彼女のことを考えているときにも。実際、クレイグの頭にあるのは彼女のことだけだった。カリに首ったけなのに、どうすればただの友だち同士でいられる？

数分後、カリがテーブルへ戻ってきた。顔がやや青ざめている。クレイグははじかれたように立ちあがった。

「大丈夫かい？」

「ええ、問題ないわ――それどころか、いいニュースよ」

「誰からの電話だったんだ？」

「警察署」彼女がゆっくりと言う。「連絡が遅くなったのを謝罪していた。あなたが発見されたときの状況が防犯カメラの映像に残っていたそうよ。あと、あなたのお財布も発見されたって。それから――あなたの名前がわかったわ」

「ぼくの名前？」

カリはうなずいた。「クレイグ。クレイグ・ワトソン」

13

なぜかティラミスにはもう心を惹かれなかった。自分の椅子へ戻ったカリは、さっきより少しクレイグから離れて座った。

「名前がわかったことで、何か思いだす助けになりそう？」彼に問いかけた。

クレイグはテーブルを見つめて神経を集中させている。「いいや」

「携帯電話であなたの名前を検索してみる？」

彼は顔をあげ、薄く微笑んだ。「お願いするよ！」

カリは携帯電話を出し、グーグルを開いて〝クレイグ・ワトソン〟と入力した。検索結果を見ようと彼がわずかに身を寄せてくる。

「どれどれ……このトライアスロン選手があなた？　それともこの弁護士かしら？　ああ――こっちはボクサーね」

「ぼくはボクサーの鼻はしていないと思うよ」

彼女は笑った。リンクをクリックして写真を確かめてから、もとの検索画面へ戻る。

「どれもあなたではなさそう」

「イギリスとか、何かキーワードを追加したらどうかな？」

カリはうなずき、検索条件を追加した。最初に出てきたのはタブロイド紙『ザ・サン』の大見出しだ。〝億万長者(ビリオネア)・バッド・ボーイが大富豪の令嬢と結婚へ〟

彼女は鼻を鳴らした。「これ、あなただと思う？」リンクをクリックした。若い女性の写真が表示された。まとっている優雅なドレスは相当値が張りそうだ。

「それは女性だ」クレイグが茶化す。「ぼくだとは思わないね」

記事をスクロールしていくと別の写真が出てきた。カリは凍りついた。自分の目に映るものを脳が処理できない。

「カリ」一瞬の間のあと、彼が言った。「ぼくの見間違えかな？　それともその男は本当にぼくに見える？」

カリは携帯電話を引き寄せて写真を拡大した。「そうね――たしかにあなたに似ているわ」上半身裸の男性はクレイグによく似ていた――同じ髪、同じ笑顔。腹筋が割れているのは一目瞭然だ。カリの胸の鼓動が速くなった。写真をもとの大きさに戻してキャプションを見ると、こう書かれていた。

〝恋人にプレゼントした三千万ポンドのヨットでくつろぐクレイグ・ワトソン〟

カリはテーブルに携帯電話を置いた。彼には恋人がいた。しかも、そのモデルのような美女と婚約していただけでなく、大金持ちだった。とんでもない大金持ち。

クレイグのふるまいから、裕福な家の出だろうと察してはいたものの、これほどまでとは夢にも思っていなかった。カリが知っている中で一番の金持ちは、同じ高校に通っていたビリー・マーマレードという男の子で、彼でさえここまでではなかった。ビリーの父親は出世を果たした銀行の役員だった。ベンツに乗り、バスケットボールのコートと巨大なプールつきの大邸宅に暮らしていた。カリの頭で想像できる大金持ちといえばそれが限度だ。それでも、ビリーの父親はたかだか百万長者（ミリオネア）だったのだろう。

たかだかミリオネアですって！　カリの頭はせわしなく働き続けた。幸い、クレイグは記事を読むのに気を取られ、彼女が身をこわばらせていることにはまだ気づいていない。頭の中では理性の声がしっかりしなさいと命じているのに、別のもっと強烈な力が彼女を凍えさせた。食べたものを吐いてしまいそうだ。

「どうやらあなたを見つけたみたいね」努めて明るい声で言った。クレイグは携帯電話を手に取り、もう一度写真を凝視した。「わけがわからない。本当にこれは何かのいたずらじゃないのか？」

「断言はできないけど」彼女は言った。「これは本当のことだと思う」

クレイグが画面を下へスクロールすると、年配のカップルの写真が出てきた。「フィリップとマギー・ワトソンとある！　この人たちはぼくの両親だ！」

カリはのぞきこんだ。「きっとそうよ。ほらね、あなたが思いだしたのはやっぱりお母さんの名前だったんだわ」

「思いだしたぞ！」クレイグは興奮して言った。「母さん――マディソン生まれのマギー。ぼくの母はマディソンで育ったんだ！」

「あなたはそれでここへ来ていたの？　親戚に会いに？」

クレイグは眉根を寄せた。「それは思いだせないな」

「いいのよ。ちょっとずつでも思いだしているんだもの」カリは無理して微笑んだ。

クレイグが彼女の手を取る。「ああ」

カリは髪を梳かしつけるふりをしてさっと手を引いた。「あなたのご両親に連絡しなきゃ。きっと死ぬほど心配しているわよ」

「そうだね」

カリは咳払いをした。「それに……あなたの婚約者も」きびきびした声を保とうとしたのに、最後は蚊の鳴くような声になってしまい、空咳でそれをごまかした。

「大丈夫かい？」

彼女は手をひらひらさせた。「ええ、さっきのチョコレートパウダーが喉に張りついたみたい。お会計をしてもらいましょうか？　今夜、ディナーのあとで寄るってアシュリーと約束しているの」

「そうか、じゃあ帰ろうか」クレイグが言った。「会計は──実はもうすんでいるんだ。ごめん、きみは絶対オーケーしないとわかっていたから、先に払ってきた」

「まあ！」いつもならそんなことをされたら文句を言うが、いまはその気力がない。彼がいつの間にか勘定を払っていたことは、今夜のびっくりニュースランキングでは最下位だろう。いかにも億万長者のやりそうなことだ。

ふたりは残り物を箱に詰め、車まで無言で歩いた。

「アシュリーの家へ行く前にうちであなたをおろすわ、それでいい？」

「ああ、ありがとう」クレイグが言った。

車に乗りこんでエンジンをかけると、ラジオからアデルのなめらかな歌声が流れてきた。

《わかってるわ、あたしの心は当てにならない皮肉屋で、目はよそ見しがち、おまけに頭は頑固。でもね、あなたは忘れたの？　忘れてしまった？》

カリはチャンネルを変えた。ロックにしよう。ロックなら一曲も知らないし、そのほうがいい。

「たぶん、アシュリーのところに遅くまでいることになると思う」彼女は言った。「でも遠慮なくリビングルームにあるノートパソコンを使って。誰か連絡できる人はいる？」

「ロンドンは深夜だよ」クレイグは笑った。「電話には出てくれないだろうな」

「そうよね」カリは道路を見据えたまま返した。「だけどEメールなら送れるんじゃない？　無事だと知らせたら？」

「悪い考えじゃないね」

「もうあなたに家のものを盗まれる心配はしなくていいのね」カリはぎこちなく笑った。

クレイグがこちらへ顔を向ける。「あいにく、ぼくが所有するとされる富も、ぼくの窃盗癖を治す役には立たない」

〝とされる〟とは変な言い方だ――彼が億万長者であることに疑いの余地はない。けれどもその事実の重大さと向きあうより、調子を合わせるほうがカリにとっても楽だった。「ああ、そういうこと。うちのフォークが一本残らずなくなったのはそのせいだったのね」

「いや、実は全部地下室のシンクにあるんだ、悪かった。あとで戻しておくよ。だけどぼくはきみの家の猫が気に入っていてね、そっちはこっそり盗まないとは約束できない」

カリはじろりとにらんだ。「わたしの猫よ！」

「チップは格別にかわいいよな。あの小さないたずらっ子はぼくによく懐いているだろう」

「あなたの猫窃盗計画に水を差して悪いけど」カリはギアをパーキングに入れて言った。「あなたと一緒に渡英したら、チップは検疫で長期間隔離されることになるでしょう。チップはいやがるわよ」

「チップがいやがる？」

カリは腕を組んだ。「ええ。すでにチップにも確認済み」

「チップはなんて言ったんだい？」

「ミャアア、ミャアア、ミャアア！　って」

クレイグは大笑いした。「チップなら言いそうだ」彼女に背を向けてドアを開ける。

「じゃあ、今夜はすてきな時間をありがとう」

カリはうなずいた。「警察は、明日あなたの持ち物を引き取りに署まで来てほしいそうよ」

「わかった。ありがとう」

「先に寝てちょうだい」車からおりる彼に言った。

「楽しい夜を！」ドアを閉めながらクレイグが大きな声で送りだした。

カリは車を出し、自分の猫の軽口にひとり笑った――つまらない冗談を思いつくのはクレイグの専売特許ではない。どのみち、クレイグにチップを奪われたくはなかった。ヨットを購入するお金があるなら、猫くらい自分で買えるだろう。

アシュリーの住まいまではほんの数分で、到着したときにはカリはすっかり気分が晴れていた。クレイグがどこから来たのかわかってよかった。そう、万々歳だ！　たしかに、彼が億万長者だったのには少しびっくりしたけれど、これで彼の面倒を見る必要はなくなったのだ。それどころか、彼は明日にもプライベートジェットで帰ることだってあり得る。街で彼といるところを目撃される心配はもうないし、これからはベッツィに言い返せる。普段どおりの生活に戻れる、カリの望みどおりに。

カリが車を停めるのを見て、アシュリーが走りでてきて助手席をのぞきこんだ。

「なんだ、クレイグは一緒じゃないの？」アシュリーはがっかりした顔で尋ねた。

「そんな格好じゃ凍え死ぬわよ！」カリは車からおりながら言った。「コートはどうしたの？」

「うちのお母さんみたいな物言いね！」アシュリーは嘆かわしげに言ってカリを引き寄せ、抱きしめた。「いらっしゃい、ICUの悪玉看護師さん。顔を見るのは本当に久しぶり！」

ふたりで腕を組み、アシュリーの家に入った。これこそがカリに必要なことだ。これでこの数週間、地下室に億万長者を住まわせていたことを忘れられる。

「ねえ、まじめな話、どうしてクレイグを連れてこなかったの？」中に入ったところで、アシュリーが問いかけてきた。

やっぱり違うかもしれない。ここがクレイグのことを忘れるのに適した場所だったかは怪しい。「彼はうちへ戻ったわ。警察から連絡があって、彼の財布が見つかったの」

「嘘！　じゃあ、彼の正体ももうわかってるの？」

「わかったと言えそう。彼の名前は判明したわ。彼に関する情報もネットでいくつか見つけた」

「うわあ、どきどきする――お願い、彼は独身だと言って」

カリはコートを脱ぎ、怖い顔でアシュリーを見据えた。「あなたは幸せな既婚女性じゃないの？」

「あたしはね。でも、あなたは違う。それにスティーヴンが言ってたけど、クレイグは四六時中あなたの話ばかりするんですって」

カリの心臓がどきりとした。四六時中？　彼女はその感情を押しのけた。「彼はシングルじゃないわ。婚約者がいる。お相手はとてもすてきな人に見えたわよ」

「それはそうでしょうね」アシュリーはカリの肩をぴしゃりと叩いた。「あなたのそのワンピース姿だって負けていないわ！　すっごくすてき！」

「もう！」カリは肩をさすった。アシュリーは力の加減というものを知らないのだ。

「これは、クローゼットに眠っていたのを引っ張りだしただけ。クレイグがどうしてもわたしを――」

「知ってる、〈アマルフィ・コーナー〉へ連れていきたがったんでしょ。スティーヴンから聞いたわ。それにお相手の女性がどれくらい〝すてき〟に見えたかはどうでもいい、だってそのワンピースを着ているあなたには絶対かないっこないもの！」

「そういうことじゃないのよ、アシュリー」

「へええ」

「だから、違うの！　これまでクレイグに手を貸してきたのは人のものを横取りするためじゃないわ」

「ほら！」アシュリーはカリの顔を指差した。「認めたわね！　やっぱり彼のことが好きなんでしょ！」

カリはかぶりを振り、冷静沈着な看護師の声で答えた。「いいえ、そんなことはない。彼はいい人よ、彼の力になれてよかった。でも、それだけのこと」

「クレイグがあなたの人生から消えて、どこかの女性と結婚してもかまわないの？婚約者が行方不明になっているのに気づきもしなかった相手なのよ？」

「それはわからないでしょう！」カリは言った。「クレイグを見つけるのは大変だったはずだもの。彼はなんらかの理由でここウィスコンシンにいて、婚約者の女性がいるのはロンドン。まあ、ここにいたのは自分の母親がマディソン出身だからではないかとクレイグは考えているわ。それは思いだしたの」

アシュリーはつかの間カリを見つめた。「興味深いわね」

「何が？」カリはうんざりしてきた。

「なんでもない。それじゃ、美容パックでもしながら、ネットでクレイグをストーキングするわよ」

カリは笑みを浮かべた。「あなたがそこまで言うならね。びっくりするから、覚悟して」

ぶさかではない。もうすぐ元間借り人となる男性について調査をするのはやぶさかではない。


それから二時間、クレイグと彼の家族について見つけた記事をすべて読みあさった。

カリは、なんだかのぞき見をしているみたいで後ろめたさを感じた。アシュリーはかまわないわよと断言した、彼が〝ビリオネア・バッド・ボーイ〟とあだ名されているのを見てはなおさらだ。

「実質、有名人じゃないの。クレイグのことを何も知らないままでいるほうが、世の中から取り残されちゃうわ。しかも、信じられない！」アシュリーがあえいでみせる。

「どうしたの？」

「その彼が、あなたをデートへ連れていったのよ！」

カリは目玉をぐるりとさせた。「そんなんじゃないわ。あれはデートじゃないもの」

「あれだってデートよ」

「いいわよ」アシュリーはしたり顔でにやにやしている。「でも彼の過去をのぞき見はしないとね」

「こんな押し問答、つきあっていられない！」最後にカリは言い放った。

「違う」

いけないことだと思っても、カリは抗えなかった。アシュリーはクレイグの両親、学生時代の友人たち、それにもちろん、彼の婚約者に関する情報を探しだした。あれやこれやにアシュリーが驚きの声をあげても、カリは完璧に平気な顔をし通した。ずっと平然としていられたので、夜が更けるころには、クレイグのことはなんとも思っていないのだと自分で自分を納得させる寸前まで来ていた。

あくまで〝寸前〟だったが。それがわかったのは帰宅したときのことで、避けようのない不意打ちだった。タウンハウスの前に車を停めると、リビングルームに明かりがついているのが見えた。クレイグがまだ起きているのかもしれないと思い、胸がはずんだ――また彼の顔を見られるのが純粋にうれしかった。玄関へ急いで中に入ったら、部屋には誰もいなかった。クレイグが彼女のために照明をつけたままにしておいてくれただけだった。

気持ちが沈んだ。リビングルームでひとりきりになり、もう自分を偽る必要はなくなった。寂しさが堰を切って押し寄せるままにして、これがわたしの人生なのだと自分に思いださせる——ルークはもういない、クレイグはもうすぐ去り、カリは生涯ひとりきりになる。そういう運命だ。

彼女は静かに二階へあがって寝る支度をした。

14

カリが帰宅する物音が聞こえたときには十一時をまわっていた。クレイグは急いで立ちあがり、ノートパソコンを彼女に返そうと思ったが、すぐに彼女が二階へあがる音がした。彼女を追って二階へ行くのはまずいだろう——彼女を怖がらせるかもしれない。それに、なんと声をかければいいかわからなかった。

カリの親切心に頼って長らく居候させてもらってきたが、その実、自分は大金持ちだったのだ。意図的に隠していたと彼女に思われていやしないかと心配だった。自分は絶対にそんなことはしていない……しかしこうして事実を知ると、知らなかったころに戻りたかった。

インターネットはクレイグについて唖然(あぜん)とする量の情報を与えてくれた——父親はイギリス有数の資産家で、数百年の歴史を持つ大地主の家系。十九世紀末には海運業にも手を広げ、第一次および第二次世界大戦中に一族の資産は爆発的にふくらんだ。

そんなことを知っても、クレイグの胸は少しも躍らなかったし、いまひとつぴんとこなかった。情報に目を通すうち、断片的な記憶が少しずつ戻ってきた。どれを取っても、正直あきれた。自分の一族は史上最悪の戦争を食い物にしたのだ。戦争を推し進めたわけではないとはいえ、戦争でひと財産を築くのは粗暴なふるまいに思えた。もっとも、祖父ジェームズのことを思いだすと合点がいった。ウィキペディアで祖父の写真を見つけ、記憶が一気によみがえった。

ジェームズはことのほか高慢で、その冷徹な威厳で一族全体を支配した。クレイグの父、フィリップは〝アメリカの野ネズミ〟と結婚したことでジェームズの期待にそむき、一度は遺産相続から外された。だが長兄が急逝したため、ジェームズは一族の財産を次男フィリップに委ねるしかなかったのだ。さもなければ一族の結束が崩壊しているように見られかねず、ジェームズはことのほか一族の世間体にこだわっていた。

父と母の写真を見ていると、懐かしい思い出がいくつか頭に浮かんだが、どれもひび割れたガラス越しに見るかのようだった。記憶同士が結びつかず、両親の声も聞こえないのだ。手が届きそうで届かなかった。

どれだけたくさんの写真を見ても、どうしても思いだすことができないのがクレイグの婚約者、バーナデットだ。公開されている彼女のインスタグラムのアカウントを発見したので、写真ならいくらでもあった。モデルのような長身痩軀の美しい女性だ。ヘアスタイルはつねに完璧、とにかく少なくとも写真では。そしてどの写真も、彼女は最高のひとときを過ごしているかのように撮られていた。クレイグは彼女の写真を二時間は凝視していたに違いない。だが、何も思いだせなかった。彼女の声も、においも。彼女の好きな料理も、好きな映画もわからない。どうやら彼女は旅行が好きらしく、世界各地の写真が投稿されていた。クレイグとふたりで写っている写真も何枚かあった。彼がプレゼントしたとされるヨットに乗っていた。

ヨットに乗ったり、山の頂でスキーをしたりする自分の写真を見るのは妙な気分だった。記憶がないと、自分よりはるかに華やかな生活を送っている、一卵性双生児の片割れを見ている感じだ。クレイグには違和感しかなかった。今週など、彼は自分の拳ほどはあろうかという髪の毛の塊を配水管から引っ張りだす作業をしていたのだ。見るもおぞましい塊だったが、取れたときは興奮した。クレイグは工事をしていたバスルームの詰まりを解消しただけでなく、その塊を持ってスティーヴンを追いかけまわして、仕事仲間を笑わせた。

バーナデットのインスタグラムに投稿されていた動画のひとつには、とりわけあっけにとられた。どういうわけだか、彼が半裸でビーチを走っているのだ。

「努力なくして成果なし!」自分の腹筋を指差して声を張りあげ、カメラの前を走り過ぎる。カメラを構えているバーナデットがくすくす笑う声が入っていた。

内輪の冗談か何かであるよう願いながら、クレイグは動画を三度見直した。まさか自分がここまで薄っぺらな人間のはずはない、そうだろう?

クレイグはインターネットを眺めるのをやめた。ネット上で見つかる彼の姿はどれも、自分のことしか眼中にない、お高く留まった気取り屋だった。推測するに、これがすべてというわけではないのだろう。少なくとも、眠りにつくには自分にそう言い聞かせなければならなかった。自分がここまでくだらない人間だったはずはない――両親はすてきな人たちなのだから。レストランでカリにキスをしそうになったのは、自分が婚約していることを知らなかったからにすぎない。今後カリとは家主と間借り人として厳密に一線を引こう。バーナデットの記憶もすぐによみがえり、彼女への愛だってどこであれそれが隠れている場所から出てくるはずだ。なにせ自分はこの女性への愛を誓っている。頭を打ったくらいで婚約者を裏切りはしない。

翌朝、クレイグは気まずい思いで階段をあがり、カリと顔を合わせた。彼女は、間借り人のあきれた正体を知っていたとしても、それをおくびにも出さなかった。

「おはよう」ドアをノックした彼に、カリは陽気に挨拶した。

「おはよう」クレイグは注意深く彼女を観察しつつ言った。「ゆうべはアシュリーと楽しんだかい？」

「ええ、ふたりで盛りあがったわ。おかげさまで」

クレイグは咳払いした。この場を気まずくしているのは自分なのか、それとも彼女も気まずさを感じているのだろうか？「それはよかった」

「連絡は取れたのかしら、あなたの……ご家族と？」

「ああ」急いで言った。「バーナデットにダイレクトメッセージを送ってみた。でも警察がぼくの携帯電話を保管しているなら、もっと簡単に家族とも連絡が取れるようになるだろう。家族の電話番号はひとつも覚えていないんだ」

カリが眉根を寄せる。「携帯電話の話は出なかったわね。よかったら、いまから行きましょうか？　それとも先に朝食にする？」

「いや、食事はいいよ、ありがとう」食欲がなかった。警察署へ行けば、自分のもっとあきれるような事実が判明しそうで、心中穏やかではいられない。

クレイグの不安はあながち外れていなかった。ふたりが警察署に着くと、連絡が遅れたことを真っ先に深謝された。

「実は、あなたが署に立ち寄られてほどなく財布は発見されていたのですが、担当の巡査が急遽休職してしまったもので」

「彼は大丈夫なんですか？」クレイグは最悪の事態を想像して尋ねた。

巡査は微笑んだ。「産休です。予定日よりちょっと早くなって。ですが、母子ともに健康ですよ」

「そうでしたか」クレイグは自分をまぬけに感じた。どうして警官が男性だと早合点したのだろう？「それはよかった」

「われわれは彼女が担当していた仕事を優先度に準じて対応していたのですが……そのせいでご連絡が遅れてしまい、申し訳ありませんでした」

クレイグは手を払った。「少しも問題ありません。この数週間、ぼくにはとても親切な世話人がいたので」カリに微笑みかけた。

「世の中にあなたのような方がもっといればいいのに」巡査はカリに向かって言った。

彼女が赤くなる。「そんな、たいしたことじゃないわ」

ちょっと待て。この巡査はカリの気を引こうとしているように見えるぞ。警察官にあるまじきことだ！　職務中に女性の気を引こうとするとは、どういうつもりだ？

クレイグは身を乗りだして巡査の名札を読みあげた。

「ウィルクス巡査、映像があるという話でしたね？」クレイグは、なんであれふたりのあいだで起きていることをぶち壊すために言った。

ウィルクス巡査はカリから視線を離した。「ええ、どうぞこちらへ」

三人は小ぶりなデスクに歩み寄った。クレイグは顔を寄せた。ウィルクス巡査はそこのパソコンで映像を呼びだし、再生ボタンをクリックした。クレイグは顔を寄せた。街角に設置されている防犯カメラの映像らしい。数秒後、歩いてくる人影が映った。

「ぼくだ！」クレイグは興奮して指差した。「ぼくを襲ったやつらの姿も映っているんですか？」

「もちろん」ウィルクス巡査は笑顔で言った。

クレイグが画面に目を戻したちょうどそのとき、着ぶくれした彼が漫画みたいにつるりと足を滑らせてひっくり返った。

カリが思わず噴きだす。「大変な相手に襲われたわね、クレイグ！　姿の見えない暗殺者。その正体はつるつるに凍った路面よ」

クレイグは腕組みした。「ぼくはウィスコンシンの野蛮な冬将軍に襲われたんだな。

きみも知ってのとおり、やつはあまたの被害者を出している」

ウィルクス巡査は腰をかがめて映像を早送りした。いくつかの人影がクレイグに近づいてきたところでスピードを戻す。「あなたを見つけた人たちですよ。救急車を呼んだのは彼らだ――その前にあなたの靴とコートを奪っていますけどね」

「忘れないでほしいな、ぼくの財布と携帯電話もだ」クレイグは言いそえた。

ウィルクス巡査がうなずく。彼はデスクの引き出しからチャックつきの袋を取りだした。「あなたの財布はそばにあったゴミ箱の脇に落ちていました。携帯電話のほうは、捜索しましたが見つかっていません」

「ありがとう」クレイグは袋から財布を出して巡査に礼を言った。上質な革製だ。入っているのは身分証明書と、〈ディンゴズ・ドッグス〉という店のスタンプカードだけだった。

「ああ、こいつはいい」カードを引っ張りだして言う。「あとホットドッグ二本で一本ただになる」

「盗人の情けね」カリが言った。

ウィルクス巡査はカリの冗談に腹を抱えて笑った。

「それじゃ」クレイグはぶっきらぼうに言った。「いろいろと力になってくれてありがとうございました、巡査。これ以上お時間は取らせません」

「とんでもない。外は寒いので気をつけて——それから、クレイグさん？」

「なんですか？」

「くれぐれも転ばないように」

カリが爆笑する。

「そうですね、どうも」

カリの気を引こうとするこの巡査に嫉妬する権利は自分にはない。だから、いなくなるのが一番だと、クレイグは決心した。ああいう筋肉質で、勇敢で、ヒーロータイプが好みなら、彼女にはお似合いだ。カリが似合いの相手とつきあって何が悪い？彼女には当然そうする資格がある。

バーナデットが彼のダイレクトメッセージに気づいたら、帰国の手配をしてくれるだろう。彼が去ればカリは普段の暮らしに戻り、巡査と戯れるのも自由だし、クレイグに迷惑をかけられることも二度とない。誰にとっても、彼がいなくなるのが一番だった。そしてそれは、早ければ早いほどいい。

15

月曜の朝、カリはふたつの不愉快なサプライズに見舞われた。ひとつ目は彼女を眠りから叩き起こした電話の呼び出し音だ。カリは留守番電話に切り替わる直前に電話を取った。

「もしもし？」

「おはよう、カリスタ、今日は朝寝坊なのね？」

時計へ目をやった。朝の六時ぴったり。「おはようございます、ベッツィ」月並みないやがらせだ。休みの日だからって六時過ぎまで寝ているなんてだらしないってことね。

「いいこと、明日はシフトへ入ってもらうから」

「明日？」カリはオウム返しに言って目をこすった。朝型人間ではないのだ。

ベッツィがため息をつく。「ええ、明日よ。今日の次の日ってこと」

「無理です。明日は休みを取っています、すみません」

「あたしがあなたをシフトに入れたと言っているの」

カリは歯嚙みした。休みを取ることはかなり前から申請していた。それはたしかだった。明日はルークの誕生日なのだ。カリが間違えるはずなかった。彼女はノートパソコンで確認をするために階段を駆けおりた。「できません。明日は休みです、休暇承認のEメールをそちらへ転送しましょうか」

「いいえ、承認はされていない」ベッツィが言った。「あたしが気を遣ってあなたの代わりにシフトへ入っていたのよ。でも、あたしも都合が悪くなったわけ」

「そんなはずはありません」怒りが胸にこみあげてくる。休暇の申請を承認するEメールが見つかった。カリは声がきつくなるのをおさえることができなかった。「やっぱり休暇を取ってあります。いま、そちらへEメールを転送しました」

ドアにあわただしいノックの音がした——彼女が起きてきた物音を耳にしたクレイグが、よりによってこのタイミングでやってきたのだ。彼がノックをし続けるので、カリは手で電話を覆ってからドアを細く開き、静かにするよう合図した。

ところが、彼は目が合うなりしゃべりだした。「よかった、起きていたんだね、実は——」

カリは目玉が飛びだしそうになった。考えるよりも先に手が伸びて彼の口をふさいでいた。クレイグが困惑顔で見つめ返す。

「カリスタ……」ベッツィがゆっくり問いかけてきた。「いまのは誰？」

「訪問販売のセールスマンです」カリはすぐさま言った。「わたしのEメール、届きました？」

「あなたは薄氷の上に立っているってことを、思いださせる必要はあるかしら？」

カリは自分の唇に人さし指をゆっくり押しあて、黙っているようクレイグに身振りで示した。彼がうなずく。

「なんのことでしょうか」カリは返事をした。

「こっちはあなたの写真を握ってるのよ」ベッツィが声を低める。「自分の元患者といちゃついてる現場のね。あたしが忘れたとでも思った？」

「ベッツィ」カリは落ち着いた声を保つよう心がけた。「わたしは明日は休暇を取っていて、その予定は変更できません。わざわざ確認の電話をありがとうございます」

「さっきの声、あの患者よね！　話し方でわかるわよ！　そこにいるのはわかってんのよ、そこに泊まったってこと？　それとも別のイギリス男を引っかけてきたとでも言うわけ？」

心臓がとどろきだした。これはすべて悪い夢だろうか？　どうしてベッツィはいやな性格の上にこうも勘が鋭いの？「なんの話かわからないわ」しらんぷりを通そうとしたが声が割れた。

「よく聞きなさい。明日の朝あなたが出勤しなかったら、この件は病院の倫理委員会へ報告するから」

通話はぷつりと切れた。カリは顔から血の気が引くのを感じた。倫理委員会？　委員の前で自己弁護するなんて、絶対にごめんだ。けれども、その立場に追いこまれたら？　クレイグについて嘘を言うつもりはない。嘘は言えない。ありのままを話せば、正しいことをしたのが伝わるはずだ。そうでしょう？

クレイグがのろのろと近づいてきた。「本当に悪かった。こんな早朝から電話をしているとは思わなくて、それにどうしてもきみに話さなきゃいけなかったんだ。実は――」

ドアベルが鳴った――ふたつ目の不愉快なサプライズだ。クレイグが凍りつく。カリは困惑して彼を見返した。

「実は？」

彼が咳払いする。「ぼくの迎えが来たようだ」

カリはクレイグをぽかんと見つめたあと、彼の言っていることを理解した。「あ、ああ！　中へ入ってもらわなきゃ、外で待たせたら凍えてしまうわ！」

玄関へと急いでドアを開けると、そこにはエレガントな服に身を包んだバーナデット・マッキンジーが立っていた。アシュリーとインターネットであなたを片っ端から検索なんてしていませんという顔はどうやってするの？　あなたが誰かは知りませんという顔は。スティレットヒールを履いたバーナデットはそびえるように背が高く、カリは小さく口を開けて彼女を見あげた。バーナデットがサングラスを鼻先へずらす。

「こんにちは、クレイグ・ワトソンを探しているんだけど？」

カリはほとんど飛びのくようにして後ろへさがった。「ええ、どうぞ中へ！　彼は奥にいるわ」

バーナデットは堅木の床にヒールをこつこつと響かせ、カリの前を通り過ぎた。ドレープの揺れるロングコートみたいなものをまとい、肩には毛皮を巻いている。雑誌から抜けだしてきたかのようだ。

「クレイグ、スウィートハート！」バーナデットは彼の姿を目にして両腕を広げた。

「ずっと心配してたのよ！」

「心配をかけてすまなかった」クレイグが彼女のほうへ進みでる。バーナデットは彼の首にしなやかに腕をからめて、頬に一度キスをした。

「体は大丈夫なの？　あなたからメッセージをもらってすぐに飛んできたわ」

「ああ、ぼくは大丈夫」彼はわずかに顔を赤くしている。「紹介するよ、ぼくの――友人であり、ここの家主の、カリ・ミッチェルだ」

バーナデットはクレイグから腕をほどいて振り返った。「お会いできて本当にうれしいわ。わたしのことはバニーって呼んでちょうだい、友人はみんなそう呼ぶの。ありがとう、わたしのクレイグにとってもよくしてくれて」

カリは自分がパジャマ姿で突っ立っていることにふと気がついた。ズボンにはコーンにのったアイスクリームが一面にプリントされている。こんな格好で大富豪の令嬢と初めて会うことになるなんて。「そんなたいしたことじゃありません」

「なんて優しい方」バーナデットはクレイグに向き直った。「それじゃあ、行きましょうか？　ジェット機を待たせてあるのよ」

クレイグの視線が婚約者とカリのあいだを行き来する。彼はカリと同じくらい驚いて見えた。

「その」彼が言った。「今日は仕事があるんだ。勝手に出ていくわけにいかない」

バーナデットは声をあげて笑い、優美な手でクレイグの胸板を叩いた。「もう、冗談が好きなんだから。行きましょう、クレイグ、何か持っていくものはある？」

「冗談を言っているんじゃないんだ、スティーヴンに何も言わずに出発することはできない」クレイグが言った。

バーナデットはサングラスをハンドバッグへ放りこんだ。「ここにいたらわたしのバーキンが凍え死んでしまうわ、あなた、よく我慢できるわね！」

「バーキンって？」クレイグは首をかしげて尋ねた。

バーナデットは手を伸ばし、彼の髪を優しく撫でた。「なんてことかしら、本当によほど強く頭をぶつけたのね」

「彼女のバッグの名前よ」カリは横からクレイグに教えた。彼女がそれを知っているのは、バーナデット――もとい、バニー――が、いま何気なく腕にかけているハンドバッグに十二万ドル支払ったという記事をアシュリーが見つけたからにすぎなかった。カリのタウンハウスよりも……いまだローンが終わっていないタウンハウスよりも高い。

「ほら、あなたのお友だちのカリはわたしの話についてきているわよ！」

カリはごほんと咳払いした。「スティーヴンならきっと理解してくれるわ、クレイグ。土曜に遊びに行ったとき、あなたの身元が判明したことは彼に伝えてあるの。だから、彼も事情はわかっていると思う」

「そうか」クレイグが言った。

バニーはサングラスを戻して頭の上へ押しあげた。「あなたがもう少し残っていたいなら、わたしはかまわないわ。言ってくれれば、パイロットと時間を調整する」

クレイグは下を向き、それからバニーへ目を戻した。「いや――ぼくがこれ以上残ったところでたいした意味はなさそうだ。準備ができているなら行こう」

「準備はできているけど、急ぐこともないのよ。これを」バニーはバッグの中へ手を入れた。「新しい携帯電話を買っておいたわ。連絡先もすべて再登録済み。あなたのは見つかっていないんでしょう？」

「ああ。ありがとう、バーナデット」

「いやだ、もう、クレイグったら、バニーと呼んで。わたしのことは覚えているのよね？」

「もちろんだよ。ただ――記憶は断片的なんだ」

バニーは彼の頰にそっと触れた。「大丈夫、すぐにすべて思いだせるわ！」そう言って美しい笑顔を輝かせた。

カリはこのやりとりを無表情で眺めていた。おなかの中では胃が宙返りを打っている。玄関ドアの近くに立っているせいで足はかじかみ、ふたりのそばに裸足で立っていると、なぜだか余計に自分が子どもみたいに感じられた。このふたりはまるでバービーとケンのようだ。ただし、ずっと裕福な。

「紅茶をいれましょうか？　コーヒーのほうがいいかしら？　そのあいだにクレイグは荷物をまとめればいいわ」カリはようやくそう提案した。

「紅茶をいただけるとうれしいわ、ありがとう」

「カリ」クレイグがそっと呼びかけた。「スティーヴンへ連絡するのに電話を借りてもいいかな？」

「もちろんどうぞ」携帯電話を彼に渡してから、バニーをキッチンへ連れていった。

キッチンは目と鼻の先で、そのときほど自分の住まいの狭さを痛感したことはなかった。バニーの長い脚だとたったの四歩だ。カリはそんな事実を頭から追い払い、紅茶の用意に意識を集中させた。キッチンは、言うまでもなく、散らかっていた。きれいにしよう、片づけようとは思っていたのだ——朝食をとってクレイグにランチを持たせたら、すぐにやるつもりでいた。ふいに寂しさが胸をついた――〝大西洋のこっち側で一番おいしい、ずしりと重たいお弁当〟とクレイグに言ってもらえることはもう二度とないのだ。

バニーは愛想よくおしゃべりしてくれた。カリは、ウィスコンシンまでの旅はどうだったか、クレイグが見つかった知らせをみんながどう受け取ったかを尋ねた。

「本当のところ、彼が二、三週間いなくなるのは珍しいことではないの。いつもふらりと戻ってくるのよ」バニーはふふっと笑った。

「まあ」

「だけど今回は、何かおかしいと思っていたの。だんだん心配になってきたころに、やっぱりよね、彼からダイレクトメッセージが届いたわ」

クレイグがキッチンの入り口に現われた。「きみも知ってのとおり、持って帰ろうにも、ぼくのものと言えるものはたいしてない。でも、チップにお別れだけさせてもらえるかな」

「見つかるか探してみるわ」カリは言った。このふたりから離れる口実ができてよかった。ここはわが家だというのに、自分を邪魔者みたいに感じていた。少し探すと、彼女のベッドでぬくぬくしている猫のチップが見つかった。その朝カリが電話で起こされたあと、暖かな毛布に潜りこんだに違いない。

「おいで、ベッドのちっちゃなモンスターくん」赤ちゃんみたいに腕に抱えて階下へ運ぶ。チップはこんなふうに抱っこされるのが大好きな、珍しい子猫だ。

クレイグはチップをすくいあげた。「いたな、もふもふの小さなプリンス」クレイグに頬を撫でられ、チップはごろごろと喉を鳴らした。

「まあ、小さな天使ね！」バニーが立ちあがる。「まさかあなたの猫？」

「車の下にいたのをぼくが見つけたんだ」クレイグは言った。「うちへ連れて帰って、ここをノミだらけにしたよ」

バニーは微笑んだ。「あなたはどこへ行ってもトラブルのもとだと聞いて安心した」

クレイグは子猫の頭にキスした。「さよなら、おチビさん。きみが恋しくなるな」

「いつでもチップを訪ねてきて」カリは子猫を受け取ろうと両手を伸ばした。

クレイグが彼女に微笑みかける。「カリ——きみにはなんて言えばいいのかもわからない。きみはぼくの命を救ってくれた。何千回でもお礼を言うよ。きみこそ、いつでも遊びに来てくれ。これは社交辞令じゃない」

カリはにこりとした。「ありがとう、クレイグ。気をつけて帰って、いい？」

彼がうなずく。「ああ」

「じゃあね、カリ！」バニーはそう言うと、玄関へつかつかと向かった。

カリはふたりのあとに続いて、片手でチップを抱えたまま反対の手でドアを開けた。ふたりが外へ足を踏みだすと、冷えきった空気が戸口から吹きこんだ。黒のランドローバーが路上で待っていた。運転手がさっとおりてきて、後部座席のドアをバニーのために開ける。あっという間に彼女は車内へ消えた。

クレイグが額にしわを寄せて振り返った。彼は手をあげて振った。カリは手を振り返し、無理やり笑顔を作った。彼は腕をおろし、一瞬彼女を見つめたあと、背を向けて車に乗りこんだ。

運転手がドアを閉めた。その後すぐに車が走りだす。カリは車が遠くへ消えていくのを眺めていた。とうとう見えなくなると、玄関ドアを閉め、鍵をかけた。

チップは体をよじって彼女の腕から抜けだし、階段へ駆けもどった。カリより先にベッドへ戻りたいのだろう。

「悪い子ね」つぶやき、子猫が階段を飛びあがっていくのを見守った。

目が冴えて二度寝する気にはなれず、カリはキッチンへ引き返した。問題は、やることが特に何もないことだ。キッチンのテーブルに着いて、紅茶を見つめた。いつか遊びに行こうか。

そうよ。いいじゃない？　ロンドンに友人がいるのだからきっと楽しい。これまで国外へ出たことは一度もないし、バニーとショッピングに行っておしゃれ指南をしてもらおう。きっとすてきだ。本当にすてき。

カリは自分にそう言い聞かせた。車に乗りこむ直前、クレイグの顔に浮かんだ表情を頭の中で何度も再現しないように。あの表情はなんだったのか？　寂しさ？　後悔？　たぶんチップとの別れがつらかったのだろう。そんなこと、彼はさらりと乗り越えて、すぐに華やかな生活へ戻るに決まっている。そしてカリは自分の生活に戻るのだ、何も変わらないかのように。

そう、何ひとつ変わっていない。

16

ジェット機に乗りこんだクレイグは、小さな子どもに返った気分だった。

「かっこいいな！　パイロットと話せるかい？」

バニーは怪訝そうな顔をした。「なんのために？」

彼は肩をすくめた。「特に意味はないけど。ぼくが副操縦士をやれるかもしれないだろう」

「それでこの機を墜落させるの？　だめよ」バニーは座席を指差した。「座って。トラブルを起こさないでちょうだい。着陸したら、あなたのお母様がディナーへ来るようおっしゃっていたわ」

クレイグは座席に着いた。「ぼくたちは何時くらいに母のもとへ行けばいいんだい？」

「ああ、わたしは行けないの。わたし抜きで行ってちょうだい」バニーはアイマスクを目元へ引きさげた。「わたしはこれから睡眠を取り戻さなきゃ」

離陸する前に、バニーはぐっすりと眠ってしまった。クレイグはがっかりした。彼女に尋ねたいことが少なくとも百はあったのだが。とはいえ、睡眠時間を削って飛行機を飛ばし、迎えに来てくれたのだろう。窓の外へ目をやると、ビル群が遠くに霞(かす)んでいく。ようやく自分が何者かわかったのだ。喜んでいいはずだ――それなのに心が重く、機体の貨物室まで沈んでいくように感じるのはなぜだろう？

そんな感覚を振り払おうと、椅子の背にもたれた。客室乗務員が立ちどまり、何かご用意しましょうかと彼に尋ねてくれた。「新鮮なイチゴはいかがですか？」

わざわざイチゴを運んでもらうのは悪い気がして、クレイグはていねいに断わった。代わりに新しい携帯電話を取りだし、連絡先を下へスクロールする。見覚えのない名前がずらずらと表示された。しばらく思案したあと、カリの電話番号を追加した――忘れたくなかったし、なんらかの理由で今後彼女と話す必要が出てくるかもしれない。現時点では、まだ彼女はクレイグが実際に知っている数少ない人のひとりなのだ。

自分の写真を撮影し、〝母〟と記された連絡先に送信した。

〝帰宅する途中だ！〟と書いた。

すぐに返信があった。

〝あなたの顔を見るのが待ちきれない、XOXO KISS KISS!〟

クレイグは破顔した。記憶がなくても、XOXOのXがキスを意味するのはわかる。いや、それはOのほうか？

機内はインターネット接続サービスが利用できるようになっており、バニーは彼に携帯電話を渡す前にあらかじめネットに接続しておいてくれたらしい。およそ三十分ほど画面を眺めていたがクレイグは飽きてきた。バニーはまだ寝ている。彼の相手をしてもらうために起こすのは気の毒だ。

代わりに、クレイグは乗務員ふたりとおしゃべりをしに機内後方へ向かった。最初、ふたりは何かの不備を叱責されると思ったのか、顔をこわばらせた。

「いやいや、ちょっと退屈してね」クレイグは打ち明けた。「邪魔をするつもりはないんだ、ここって関係者以外は立ち入り禁止かな？」

乗務員が笑った。「そんなことはありません、サー、どこでもご自由にどうぞご覧になってください」

彼は手を払った。「サーなんて呼ばないでくれ――クレイグでいい。ところで、この飲み物用の小さなカートはどういう仕組みなんだい？　ブレーキはどこかな？」カートを調べようとひざまずく。機能的な造りで、かなりの重量がありそうだ。スティーヴンのところで働いてからというもの、クレイグはものの仕組みに強い興味を持つようになっていた。便器の外し方もわからなかったころからすれば、たいした進歩だ。

一、二時間ほど乗務員と談笑して過ごし、その後パイロットに会いに行ってみた。意外にもパイロットはクレイグを温かく迎え入れ、腰掛けるよう彼に勧めて、さまざまな制御装置や画面について懇切ていねいに説明してくれた。ほどなくバニーが彼を呼びに来た。

「心配したわよ、目を覚ましたらいないんですもの！」彼女が言った。「また急に姿を消したのかと思って怖かったわ」

「二度とそんなことはしないよ」クレイグは微笑んだ。

ようやくバニーと話をするチャンスが来た。クレイグは自分の記憶は隙間だらけだと認めてから、基本的なことを教えてほしいと彼女に頼んだ――彼女の出身地、職業……彼の職業を。

「あなたはビジネスマンに決まっているでしょう。わたしも同じ」

「ぼくはどこで働いているんだい？」

バニーは笑った。「働く必要なんてないわよ。一般人みたいに九時から五時まで会社へ働きに行くなんて、そんなくだらないことをする必要はないの」

いまいち筋の通らない説明ながら、クレイグはなんと返せばいいかわからなかった。

「そうなんだ」それだけ言った。

バニーは手をひらひらさせた。「それにあなたには相談役が大勢ついているから、あなたのお父様が亡くなったあとは、実質的に会社を運営するのは彼らでしょう」

クレイグはほっとして体を引いた。「父は病気なのか？」

「違うわよ、まさか。わたしは単に——ほら、あなたが跡を継ぐときが来たらという話」

「ああ、そうか」そこでふと頭に浮かんだことをバニーに話すか決めかねて、一瞬口をつぐんだ。いや、なぜためらうんだ？「ウィスコンシンにいたあいだ、カリが仕事を紹介してくれたんだ。彼女の友人が建築業をやっていてね。初日に、床から便器を外すよう言われた。ぼくはどうやるのか見当もつかなくて、タンクの蓋の外し方さえわからなかったな」

「何よそれ、ひどい仕事」バニーが言った。「便器を扱ったあと、ちゃんとシャワーを浴びたんでしょうね」

「それがまだなんだ、問題かな？」クレイグはにこりとした。

バニーがため息をつく。「機内の後方にシャワーがあるわ。きれいにしてきて」

「ただの冗談だよ！」そう言ったものの、彼女はすでに自分のノートパソコンに向きあっている。

「ごめんなさい、クレイグ」彼女が言った。「遅れている仕事が山ほどあるの」

「ぼくはかまわないさ」


やがてジェット機は着陸し、おりるときクレイグは乗務員全員に礼を言って、またすぐに会えるよう期待していると告げた。バニーは、これはクレイグが所持しているジェット機のひとつだから、彼が言えば乗務員たちはまさにいつでも機内にスタンバイするのだと教えてくれた。

「それだとクルーは大変だろう」クレイグは思わず言った。「ぼくがあらかじめ予定表を作って彼らに渡すべきだな。きみもそう思わないか？」

バニーは一蹴した。「あの人たちにほかにすることがあって？」

彼女が本気で言っているのかはわからなかった――だが本気のように聞こえた。

飛行機からおりると、待機している二台の黒い車へと歩いた。

「わたしとはここでお別れよ、マイ・ラブ」バニーは彼の頬にキスをした。「明日ゆっくり話せる?」

クレイグは微笑んだ。「もちろん」彼女のために車のドアを開け、走り去るのを見送った。

わが家までのドライブは楽しかった。見覚えのある景色もあれば、まったく初見に思える景色もあった。両親にまつわる記憶が少しずつ断片的によみがえり――ワトソン家はミッチェル家のような大家族ではないことを思いだしたときはがっかりした。そうだ、自分はひとりっ子だ。とりわけ仲のいいいとこが何人かいて、おじとおばもたくさんいる。だが弟や妹はいない。そこまでは思いだした。

いまだにどうしても何ひとつ思いだせないのが、バニーのことだった。ふたりの出会いも、どんなプロポーズをしたのかも謎だ。彼女の家族、それに彼女がインスタグラムですてきな写真をいくつも公開している海外旅行についても、いっさい記憶がなかった。どういうわけか、彼女はクレイグの頭の中で空白地点のままだ。

両親の屋敷に近づくと、父と母が外に出て盛んに手を振っているのが見えた。その光景にクレイグは大声で笑った。ふたりはイギリス屈指の大金持ちには見えない――

大喜びで子どもの帰宅を歓迎する、どこにでもいる親だ。

クレイグが車からおりるなり、ふたりは彼を引き寄せて抱きしめた。

「久しぶり、母さん、父さん！」

「よく帰ってきたわね！」母は、息ができなくなるくらいクレイグをきつく抱きしめた。「さあ中に入ってちょうだい、こんなところにいたら凍え死んでしまうわ！」

クレイグは声をあげて笑った。「冬のマディソンと比べたら、これくらいなんでもないだろう」

「何があったか、すべて聞かせてもらうわよ！」

三人で屋敷の中へ入って、ダイニングテーブルを囲んだ。クレイグの母親はいそいそと立ち働き、キッチンからあれやこれや運んできてテーブルを埋めつくした。母が料理好きなのをすっかり忘れていた。母は彼の好物――スパゲティ・ボロネーゼを作ってくれていた。焼きたてのパン（母が生地をこねるところから作ったものだと知っている）と温室で育てている野菜を使ったおいしそうなサラダもあった。

母はフライトはどうだったのかきいたあと、起きたことをすべて話すよう彼にうながした。「最初からよ」

クレイグはパンを頬張ったまま、話し始めた。「あいにく、あの夜何が起きたのかはまだよくわからないんだ――まあ、初めは襲われんだと思っていた。結局、自分で足を滑らせて頭を打っただけだと判明した」

母が息をのんだ。「まあ、大変じゃない！」

「たいしたけがはなかったんだ」クレイグはそっと言った。「転倒したのがわかったのはかなりあとのことで、警察で防犯カメラの映像を見せてもらった。すってんころりんで、ごつん。通行人が救急車を呼んでくれた、ぼくのコートと財布と靴を奪ってからね」

父が笑い声をあげた。「犯人は凍結した路面だったのか？」

「そう、してやられたよ。ぼくはそこから病院へ搬送され――集中治療室に入れられた。どうやらぼくはいきなり目を覚ましたらしく、だけど自分が何者かも、どうしてそこにいるのかもまったく記憶がなかった」

母がチッチッと舌を鳴らす。クレイグは話を続けた。「翌日には一般病室へ移され、同室だった男はいまごろはもう天に召されているだろうな、なにせひどい咳をしていたんだから。ぼくはこんなところにはいられないと、逃げだすことにした」

「クレイグ・ウィリアム・ワトソン！」母はあきれて声をあげた。「まさか実行したんじゃないでしょうね！」

「実行したよ」クレイグは急いで言いそえた。「その日のうちに退院できると、先生からも言われていたんだ。結局、嘘の名前を伝えてどうにかなったんだから、笑えるよね。入院費を請求されても支払う手段はなかったし」

「心配しなくていい、マギー」クレイグの父は穏やかに言った。「その分はわたしたちで病院へ寄付をしよう」

母は嘆息して指を振った。「あなたは子どものころからやんちゃだったわ」

クレイグは頬をゆるめた。そういう言い方もできるだろう。「簡潔に言うと、ぼくはウィスコンシンの冬を軽く考えていた。その晩、どこか屋根のある場所を見つけないとまずいと気がついたよ。男性用のシェルターまでどうにかたどり着いたけど、そこはぼくの好みじゃなく――」

父がふたたび笑い声をあげた。「息子が男性用シェルターにいるところはぜひ見てみたかったたね」

「においだけでもう無理だったよ」クレイグは身震いをしてみせた。「とにかく食事にありつこうとフードバンクへ行ったら、運よく、ＩＣＵでぼくの担当だった看護師がそこにいた。そのうえ彼女の自宅には地下室があって、賃貸用にそこを改装したばかりだった。彼女はぼくがなんとか暮らせるようになるまで、そこに住まわせてくれたんだ、とても寛大にも、とつけ加えておくよ」

「これぞわたしがこよなく愛する中西部の魅力だな」父が言った。「きっと見た目はぱっとしない女性だろうが、心の美しさに比べたらそんなのは二の次だ」

「彼女はきれいだよ、あんなにきれいな女性をぼくはこれまで見たことがない」思わず言っていた。両親の驚いた顔を見て、いまの言葉は心の中にとどめておくべきだったかもしれないとクレイグは悟った。

「もちろん、それはどうでもいいことだけどね。彼女みたいに親切な人はそうそういない」カリが世話をしている保護猫のこと、彼女のきょうだいのこと、自分が拾ってきた子猫とそれにくっついてきたノミのこと、そして最後に、若くして白血病で亡くなった彼女の婚約者のことを詳しく話して聞かせた。話し終えると、両親はふたりしてしばらく彼を見つめていた。

「たしかに、とてもすてきな方みたい」母が言った。

クレイグは微笑んだ。「そうだったな。いや――過去形じゃない」

「あなたが無事にわたしたちのもとへ戻ってこられたのは、大部分が彼女のおかげみたいね」

「ああ。でも彼女はなんの見返りも求めないんだ、当たり前のことだと」

「当たり前、ね」母が相槌(あいづち)を打つ。

クレイグは話題を変えることにした。「そもそも、ぼくはどうしてマディソンにいたんだろう？」

これには父が答えた。「記念式典(ガラ)のためだ」

「ガラ？」

「わたしの代理で出席してほしいと、わたしがあなたにお願いしたの。悔やんでも悔やみきれないわ」母はため息交じりに言った。「マディソンに本拠地を置く慈善団体のために寄付金を募るガラだったの」

「ああ」クレイグは言った。「母さんはマディソン生まれのマギーだから」

「そうそう」母はうれしそうに言った。「それは覚えているのね！」

「それが、真っ先に思いだしたことだったんだ。だけどラストネームがわからなければ、たいして役には立たなかった」

母が笑った。「そうでしょうね。とにかく、毎年わたしが出席していたんだけど、あなたにわたしの故郷を見てもらうのもいいかと思ったの。バニーもあなたと一緒に行っていたのよ。あなたが姿を消した夜、あなたは彼女に〝先に行ってろ〟と言ったそうなの」

クレイグは眉根を寄せた。「ぼくらしくない物言いだな。ぼくは昔からそんなクズだったのか？」

母は息子の手を握った。「あなたはクズなんかじゃないわ！　たしかに、やんちゃよ。だけどクズだったことは一度もない」

「そうか。父さんの意見は？」

「いや、割とクズだ」三人はどっと笑った。「だが、わたしがその年齢だったころと比べたらそこまで悪くもない」

「それなら、よしとしようか」クレイグは言った。

三人でそれから何時間も話しこみ、クレイグは便器やタイルと格闘したことを聞かせた。両親はどの話にも腹を抱えて笑ってくれたが、しばらくすると話を盛りあげるにはクレイグは疲れすぎてしまった。

「さっきの話はぜひもう一度聞かせてもらうわよ」ベッドへ向かう彼に母が警告した。「それから、あなたのお世話をしてくれたそのすてきな女性の名前を教えてもらわないことには眠れないわ。お礼のメッセージを送らないと」

クレイグは言われたとおりにした。カリの名前と住所を紙に書き記す。「これだよ、母さん。だけど、ぼくが赤面するようなことはしないで、約束だよ？」

母は片手を掲げた。「小さいときにあなたがよく言っていた言葉は、なんだったかしら？　指切り？」

クレイグは母の頰にキスをした。「うん。おやすみ、母さん」

「おやすみなさい」

カリの情報を得た母が、息子を赤面させるようなことをしないとはあまり信用できなかった。それでも母は指切りをしたのだから、約束を守るつもりはあるのだろう。

17

少し悩んだあと、カリはベッツィの電話はこけおどしだと判断した。だから火曜日は出勤しなかった。代わりに予定どおりルークの両親を訪ねて、彼のお墓参りをし、彼のために蠟燭を灯した。休暇を取得してあるのはわかっているし、疑問視されたら証明もできる。〝暴露〟をちらつかされながら暮らすのはお断わりだ。何より、自分はルークの思い出を大切にするために、やるべきことをやったのだ。

ベッツィの反応は水曜の早朝にやってきた。カリは朝七時からシフトに入る予定で、六時に電話が鳴った――相手はスーと名乗った。

「あなたが患者と不適切な行動を取っていると告発がありました」

自分がごくりとつばをのみこむ音が聞こえた。「内部告発ですか？」

「ただいまよりあなたは出勤停止となります。倫理委員会の前で聴聞会を行ないますので、日時はあらためて連絡します」

何を言えばいいのだろう。いまは明らかに異議を唱えるときでない。そこでカリはこれだけ言った。「ありがとうございます。よい一日を」

ほかにどうすればいいかわからなかったので、母に電話をすると、母は娘に嫌疑をかけられたことに激怒し、病院へ怒鳴りこんでベッツィに目にもの見せてやると息巻いた。

「やめてちょうだい」カリは言った。誰であれ味方がいるのはうれしかった、たとえその相手が暴動を起こしそうな様子でも。母とひとしきりおしゃべりをし、あなたは立派な行動をしただけだと調査すればわかるはずだから、いまは休暇だと思って楽しみなさい、と言われた。カリは笑った。休暇気分ではない。自分の大切な一部をもぎ取られた気分だ。

アシュリーにテキストメッセージを送ろうかとも考えたが、すでに出勤しているのは知っていた——それに、聴聞会のためにメッセージの通信履歴を調べられたりするのだろうか？　痕跡は残さないほうが賢明だ。代わりに、悪いニュースがあるとだけアシュリーにテキストメッセージで知らせた。

このせいで気が気でなくなったアシュリーが、仕事帰りにカリの家に立ち寄ってくれた。

「早く聞かせて！」アシュリーが言った。「一日中最悪のことばかり想像しちゃったじゃない！」

「その、たいしたことじゃないのよ。まあ、たいしたことではあるけど――〝不適切な行動〟を取ったという理由で倫理委員会に調査されることになったの。おかげで出勤停止をくらっちゃった」

アシュリーはどさりと腰掛けた。「てっきり、あなたが死にかけてるとかだと思っちゃったわよ！」

カリは眉根を寄せた。「そこまでじゃないけど。でも看護師の仕事ができなくなったら……」

「そこまで。倫理委員会だって看護師免許を剝奪することはできないわよ。たぶん」

アシュリーは肩をすくめた。「最悪の場合でも、クビになるくらいでしょ」

カリはうめいた。「それこそ最悪じゃない」

「まあね。でも世界が終わるわけじゃないわ。いい、もしあなたが解雇されたら、あたしもあなたと一緒に新しい病院へ移る！　連帯責任よ！」

「あなたまで辞めることはないわ」カリは言った。「あなたが自分の職場を愛しているのは知ってるのよ」

アシュリーは肩をすくめた。「あなたのほうをもっと愛しているわ。それにどうせ取り越し苦労だって。せいぜい訓戒処分で、たいした処分はくだらない。ちょっとたしなめられるだけ」

「一緒に暮らしていたのがばれたら、絶対にそれだけじゃすまない――」

「どうして一緒に暮らしていたことがばれるのよ？」アシュリーが問いかけた。

カリは一瞬、彼女を見つめた。「だって、尋ねられたら話すもの」

「だめよ！　何も言っちゃだめ！　相手がつかんでるのは何、写真一枚？」

「ええ、でも――」

「でも、何もない！　ばれなきゃ無実なの」

カリはため息をついた。「そういうわけにはいかないわ」

「とにかく、くよくよ考えるのはやめること」アシュリーは腕組みした。「墓穴を掘るはめになるわよ」

ドアにノックの音がした。カリは戸惑いの視線をアシュリーへ投げかけた。いったい誰？　またバニーかもしれないと思うと、身がすくんだ。あのばかみたいに高いバッグをどこかへ忘れていったとか？　そういえば、あのバッグをこの目で見たことをアシュリーに話さないと。

カリはドアを開けた——いたのは郵便配達員だ。

「あなた宛にお手紙です。ここにサインを」

「あの——ええ。ありがとう」

「よい一日を」

ドアを閉め、手にした大型の封筒を調べた。

「誰から？」アシュリーは興味津々で腰をあげた。

「イギリスから送られてきてる」カリはのろのろと言った。クレイグが何か送ってきたのだろうか？　胸が小さく高鳴った。

「ねえ、眺めてばかりいないで！　開けてちょうだい！」アシュリーがせかす。

注意深く封筒を開けると、一枚の紙が滑りでた。アシュリーがカリの肩越しにのぞきこむ。

〝親愛なるカリ・ミッチェル様

この数週間、わたしの息子クレイグの世話をしていただいたことを重ね重ね感謝します。わたしはマディソン育ちで、そちらの冬の過酷さを承知しています。あなたがご自宅にクレイグを迎え入れてくれなかったら……正直なところ、息子の身がどうなっていたかは恐ろしくて想像もできません。ありがとうという言葉だけではとても足りないでしょう。

あなたをぜひともロンドンのわが家へお招きしたいと、夫のフィリップとともに考えております。直接お会いし、きちんとお礼を言わせていただきたいのです。多忙な生活を送っていらっしゃることは承知しておりますが、いつでもご都合のつくときにこちらからジェット機を手配いたしますので、どうぞ遠慮なさらずにどなたでも一緒にお連れくださいい。あなたのすばらしいお母様にお父様、妹さんたち、弟さん、それにご親友のアシュリーとスティーヴンのことはクレイグからすべてうかがっています。みなさん歓迎いたします。

この手紙の最後にわたしの携帯電話の番号を記しておきます。いつでもご連絡ください。

あなたへの恩は忘れません

マギー・ワトソン〟

カリはつかの間手紙を見つめ、急いで読み返した。どういうこと？　ロンドンへなんてとてもじゃないが行けない。クビにならないよう自己弁護するために、国内にいなくては。

「彼女、あたしの名前を知ってるのね！」アシュリーが興奮気味に言う。「あたしもいっぱしの人物ってことね！」

カリは笑った。「うぬぼれないで」

「待って、ちょっと待って」アシュリーが急いで言う。「考えてみてよ！　あなたは仕事に行けない。あたしは週末は仕事だけど、それが明けたら来週は休み。これ以上いいことってある？」

「それ以上いいこと？　わたしが自分の仕事を取り返すことよ！」

「ちょっとリラックスして、まだ仕事を失ったわけじゃないんだから」アシュリーは片手を差しだした。「手紙を見せてもらえる？」

「どうぞ」カリは額をさすった。招待を断わるなどという失礼なことはしたくないとはいえ、行けるはずがない！　とんでもないことだし論外だ。元患者が彼女のためにジェット機を迎えに寄越したことが委員会に知れたら、なんて思われるだろう？　こんな耳を疑うような話は聞いたことがないし、とてもつきあっていられない。マギー・ワトソンは何様のつもり？

アシュリーが手紙を返してきた。「さて、いいニュースと悪いニュースがあるんだけど」

「えっ？」

「悪いニュースは、海外へのテキストメッセージの送り方がわからなかったってこと。いいニュースは、やり方を調べて来週なら行けるってマギーさんに連絡できたこと」

カリはあんぐりと口を開けた。「嘘よね」

アシュリーがくすくす笑う。「ほんと！」

「アシュリー！　どうしてそんなことしたのよ？」

「あのね、カリ、あたしは家に帰って洗濯しなきゃ。ロンドンのお天気はどんな具合かしら？」

「ロンドンなんか行かないわよ！　それに、あなたも勝手についていくってどういうこと？」

「だってあの手紙はあたし宛と言っても過言じゃないでしょ！　マギーさんはあたし

があなたの親友だと知っているのよ」

「スティーヴンがわたしの親友だとも思っているわ」

「いいえ、違う」アシュリーはコートを着ながら言った。「スティーヴンはクレイグの親友よ、わかっているでしょ。とにかくスティーヴンは行けないわよ、仕事があるんだもの」

「アシュリー」

「あなたは出発前に新しい服を買っておくこと。じゃないとロンドンで田舎者みたいに悪目立ちするわよ」

カリは歯を食いしばった。「ロンドンへは行かないわ」

「ルークに言われてパスポートを取っておいてよかったわね、ようやく出番じゃない！」アシュリーはほがらかに言った。「あたしも使うのは新婚旅行以来よ」

「わたしは――」

アシュリーは話をさえぎり、カリの肩をぽんと叩いた。「このことを振り返ってふたりして笑える日がそのうち来るって」

「いいえ、そんな日は絶対に来ない！」カリは腕組みした。

「愛してるわ、おやすみなさい！」アシュリーは玄関からさっさと出ていってしまい、カリは何も言えなかった。

ため息をつき、中へ引き返して手紙に目を落とす。いまさら、さっきのメッセージは嘘ですとマギー・ワトソンに連絡するわけにもいかない。どうやら出勤停止期間はロンドンで過ごすことになりそうだ。

18

時差ぼけを多少でも治すのにせめて一日はほしかったが、その週クレイグはバニーとともに結婚式関連の用事で飛びまわるはめになった。「いいかげん、あなたにやってもらうわよ。あなたはずっとわたしの手伝いができなかったんだから」バニーにそう主張されたからだ。

それは事情が事情だったから仕方がないだろうと思ったものの、クレイグは言い返さなかった。代わりに、この結婚式についてできるだけ情報を集めるよう努めた。どうやら全額とは言わないまでも、ほとんどの費用はクレイグの負担らしい。この事実はその週、自分でも覚えていられないほど何度もクレジットカードを手渡したあとで明らかになった。招待客は五百人を超えていた——親しい友人、親戚、それに両家の仕事がらみの関係者。少し多すぎないかと言ったら、バニーに叱られた。「有望な取引先は全員招くと言ったのはあなたでしょう!」

言い返す言葉はなかった。おそらくそうなのだろう、それに招待状はすでに送られているようだから、ゲストの数を数百人カットするには遅すぎた。

バニーに連れていかれた中で、一番ばかげていたのは写真撮影だった。撮影のためにバニーは違うドレスに二度着替えた。それぞれいくらしたのかは尋ねる気もしなかった。

「花婿が式の前にウェディングドレスを見るのは縁起が悪いんじゃないのかい?」

「これはウェディングドレスじゃないわよ、わかっていないわね」バニーが言い返した。「披露宴用のドレスだから、あなたに見られても縁起が悪いことはないわ」

「そんなにふくらんでいたらダンスを踊りにくいだろう」彼は感想を口にした。「それに重そうだ」白く輝く宝石が全体にちりばめられている。あれはダイヤだろうか。クレイグの目には浪費に見えた。

「美しさは苦痛をともなうの」バニーはカメラマンの指示にしたがって、慎重にポーズを取った。クレイグはそれをかたわらで眺めていた。彼はタキシードを着ていた。誰かが近づいてきて、彼の髪にジェルをつけた。別の女性が彼の顔に粉をはたこうとしたが、それは追い払った。これが自分のもとの暮らしなのだろうか?

ついにはクレイグもカメラの前へと引っ張っていかれ、立ち方と腕の組み方をカメラマンに指示された。クレイグはややもすると退屈し、バニーはひとりで撮った写真の多くに満足できずにすべて撮り直した。それは二着目のドレスでも同じだった。

「これは旅立ちのドレスなのよ」

「旅立ちって……世界旅行でもするのかい？」クレイグは尋ねた。

「違うわよ、披露宴会場をあとにして旅立つときのドレス。ゲストに見送られて出発するときのね」

「ああ、なるほど。こっちのほうが軽いんだね、旅行用だから、そういうことだろう？　走り去るときに、ドレスの重みで車の底が地面にこすれるなんてごめんだもんな」

バニーは聞き流し、化粧を直してもらうあいだじっと立っていた。

クレイグはそばにあったソファに腰をおろした。この一部始終に自分が賛成したとはとても思えなかった。そもそもなんのためにこんな写真を撮っているんだ？　写真なら式当日にいくらでも撮るのでは？　彼はため息をつき、携帯電話を取りだした。母からメッセージが届いていた。

〝明日は必ずランチへ来てね、サプライズを用意してあるの！〟

〝もちろん行くよ、結婚式関連でないならね〟

〝その心配はないわ！〟母のメッセージの最後に並ぶ五つのハートマークに、クレイグは微笑した。

写真撮影はそれからさらに二時間かかり、終わったときにはクレイグはくたびれ果てていて、今回撮った写真をどうするのか尋ねるのを忘れた。バニーにおやすみの挨拶をし、両親の家へ向かった。ロンドンにある自分のフラットならバニーが住んでいるところにも近く、彼がそこへ戻ろうとしないのを彼女はいぶかしんだ。クレイグはどう説明すればいいかわからず、母に実家に泊まってほしいと頼まれたからだと言い訳した。本当は、両親とひとつ屋根の下にいると安心できるからだ。記憶が戻ったのはいまだにこのふたりのことがほとんどだった。ほかはすべてまだ少しずつ思いだしている途中だ。ロンドンのフラットは実家と比べると寒々しく、がらんとしていた。

クレイグは夜更けに帰宅し、朝の四時までネットフリックスを観て起きていた。時差になかなか慣れず、それに、眠りたくなかった。マディソンで凍え死ぬ夢ばかり見てしまうのだ。夢の中では人っこひとり見当たらないまま、雪の中を延々と歩き続けた。バニーの姿がちらりと見えるときもあるが追いつけず、名前を呼んでも彼の声はうなる吹雪にかき消された。

翌日は昼前に目を覚まし、急いでシャワーを浴びた。ランチに遅れたくないから、手早くしなくては。ドアをノックされたときには、すでに着替えはすんでいた。

「クレイグ、ハニー、わたしよ」

「どうぞ、母さん」

母は部屋に入ってきて、すぐにドアを閉めた。「あら、起きていたのね」

クレイグはタオルで髪を拭いた。「どうにかね。まだ時差ぼけだよ」

「聞いてちょうだい、ディア、お父さんと一緒にゲストをお招きしたの」

「ああ、ランチのサプライズのために？」

「そうよ」母は窓辺へと歩き、日の光を入れるためにカーテンを開けた。外はたいして日差しもないが、それでもいくらか部屋が明るくなった。「あなたを助けてくれたお礼がしたくて、カリとアシュリーを呼んだの」

クレイグはぴたりと手を止めた。「えっ？　ここへ？」

「ほかにどこへ呼ぶというの？」母は彼の手からタオルを取り、バスルームへ持っていって引っかけた。「アシュリーは、ぜひうかがいますって、すごく乗り気になってくれて」

母のしゃべっていることが頭に入ってこない。「いつここへ来るの？」

「今朝、到着したわ。わたしが迎えにやったジェット機で夜のあいだに海を渡ったの。あなたのお友だちのアシュリーはフライトをそれは楽しんで、ご主人に話さなきゃって、いまちょうど電話をしているところ」

「ああ、それはよかった」クレイグは言った。頭がついていかなかった。彼を置き去りにして思考が空まわりしているかのようだ。

「ランチには同席するのよね？」

「ああ、もちろん。すぐに行くよ」

母が退室すると、クレイグは鏡に近づいて自分の姿を眺めた。額をさする。カリの前で鼻持ちならない金持ちのように見えたくなかった——たとえそれが真の姿でも。自分自身についてこれまでにわかったことといったら、顔から火が出るようなことばかりだ。この頭の中でさえ耐えるのに手一杯なのに、ましてや心優しく慎ましいカリの前でなど。

たとえば、結婚式で彼が着用するタキシードは一万五千ポンド近くもすることを、カリが知る必要はない。招待客が五百人いることも。結婚式の引き出物としてバニーが金の小物入れを用意していることもだ。彼の贅沢三昧な暮らしぶりについて、カリはほかにどんなことを知るだろう？　彼女はウィスコンシンにいて、クレイグのことは病院からの脱走犯、クレイグ・ダニエルズとしてしか知らないほうがましだった。本物のクレイグは――その正体がなんであれ――カリに好まれる人間からはほど遠く思える。

クレイグは鏡に映る自分を見据え、額に浮かぶ汗をぬぐった。最後にこんなふうに――真剣に――自分を見つめたのは、カリに連れられて初めて彼女の家に行ったときだ。鏡に映るのが自分だとは思えず、おかしな感じがしたのを覚えている。それがいまはより救いようのない感覚――自分がとんだまがいものだったとわかった一種のパニック――に取って代わられていた。

クレイグは頭を整理し、数分後には階下へ行こうと腹をくくった。ランチをとって挨拶をしたら、ロンドンの個人用フラットへ戻ろう。もちろん、カリに会えるのはうれしい。だが何か言い訳をして早々に退散するんだ。そのほうがいい。

その計画は一分もすると――クレイグが階下へたどり着くやいなや――完全に破綻した。階段をおりたとたん、カリの姿が目に飛びこんできた。彼女はキッチンで料理人のメアリーのけがをした手を取り、かがみこんでいた。栗色の髪をゆるい三つ編みにして片方の肩に垂らしている。耳の後ろに花を一輪挿し、窓から差しこむ光のいたずらか、ブラウスがなんだかきらめいて見えた。クレイグは胸がいっぱいになった。

「もうちょっとこのままでいてください。あとは傷用のテープを巻けば、もう濡れる心配はないわ」カリが首をめぐらせ、じっと見つめている彼に気がついた。「まあ、クレイグ！　こんにちは！」

「きみがイギリスで医療行為を行なう資格を持っているとは聞いていないな」笑みが自然と広がった。

カリが怖い顔をする。「告げ口はなしよ」

クレイグが近づいていくと、カリは彼を抱擁しようとばかりに腕を広げた。クレイグは身を乗りだして、抱擁を受け入れた——彼女の髪はラベンダーの優しい香りがした。

「来てくれてありがとう、カリ」彼は言った。「母がぜひともきみに会いたがっていたんだ」

カリはメアリーへ向き直り、手当てを続けた。「彼女はとてもご親切に——」

「クレイグ！」アシュリーが叫び、彼の首に飛びついてきた。「生きてたのね！」

「やあ、アシュリー、また会えてうれしいよ。海を飛び越えて来てくれてありがとう」

「お安いご用よ、あなたのジェット機って最高！　赤ん坊みたいにぐっすり眠っちゃったわ」

「それを聞いて安心したよ」

クレイグの母がキッチンに入ってきた。「けがは大丈夫、メアリー？」

「ええ、奥様！」料理人はほがらかに返事した。「こちらの看護師さんをうちの常駐にしていただきたいくらいです！」

「再就職先候補ね」アシュリーがぽつりと言った。

クレイグはカリを振り返り、目顔で問いかけた。

カリはかぶりを振った。「なんでもないの」

「ありがとう、カリ、手当てをしてくれて」クレイグの母は温かな笑みを浮かべた。

「みんなそろったようだし、そろそろランチにしましょうか？　フィリップはのちほど夕食のときに合流するわ」

「あたしはおなかがぺこぺこだわ」アシュリーが言った。

カリは親友をにらみつけようとしたが、当人はさっさとダイニングルームへ向かってしまった。

クレイグは頭がぼうっとしていた。なぜか数年ぶりにカリと会ったように感じる一方で、彼女のそばを離れたことなどそもそもなかったようにも思えた。そんなはずはないというのに。彼女の甘い香りと、おしゃれをした彼女の姿がクレイグの混乱に追い打ちをかけていた。もちろんカリは何を着ていてもすてきなのだが、彼が見慣れているのはもこもこのセーターかナース服を着ている彼女だ。ロンドンはじめじめして陰気な気候だと誰もが文句を言うが、この時期のマディソンと比べたらたいしたことはない。カリたちにしてみれば、よっぽど穏やかな天気だろう。

テーブルに着くと、アシュリーは徹底的な尋問とでも呼べるものを開始した。マディソンのどこの出身か、家族の歴史は、ワトソン家の所有地はと、クレイグの母親に質問している。クレイグはときおり言葉を差しはさんでいくつかの質問に答え、その機会にちらりとカリを盗み見た。そのうちにアシュリーが料理にほとんど手をつけていないことに気がついた。

「イギリス料理の評判はあまりよくないけど」彼はひそひそと言った。「そこまであからさまにメアリーに示さなくても」

アシュリーはけらけらと笑った。「しゃべるのに夢中で手が止まっていただけよ。これ、すごくおいしい」急いでカレー料理をがぶりと口に入れる。この隙にと、クレイグは話題を変えた。

「ところで母さん、ぼくたちの友人のために今日はどんな計画を立てているんだい？」

母は肩をすくめ、慎重に水をすすった。「どうしようかしらね。喜んでわたしが街を案内してもいいけれど、そこは若い人同士のほうがいいと思うの。一日中博物館を連れまわされるのはいやでしょう」

「あの、わたし、博物館めぐりは大好きです」カリが言った。

「それは残念だな」クレイグは返した。「ぼくはソーホー地区をきちんと案内したかったんだが。退屈で死にいたる運命からきみたちを救いだすためにね」

アシュリーはうなずいた。「そうね、そっちのほうがいいわ」

「でもせっかく歴史豊かな街に来ているんだから――」カリが反論する。

「それなら、ぼくが古い建築物をいくつか指差して、それにまつわる物語をでっちあげて聞かせよう。実際、それで違いがあるかい？」

みんながどっと笑う。クレイグはカリに目を据えていた。彼女はそう簡単には説得できないかもしれない。

カリはため息をついた。「いいわ、今度はあなたが自分の街を自慢する番ね。なんであれ、自慢のタネを思いだせればだけど」

クレイグは両手をぱんと打ちあわせた。「決まりだ。もちろん思いだせるさ。ここはベルリンだろう？　それじゃあ出発しようか？」

19

「ええ、行きましょう！」アシュリーは椅子から立ちあがった。「ミセス・ワトソン、すてきなランチでした。あらためてありがとうございます！」

「本当にいろいろありがとうございます、ミセス・ワトソン」カリもお礼を言った。アシュリーにロンドンまで引っ張ってこられたことにはまだ憤慨しているものの、そのアシュリーが大はしゃぎでどんな話題でも引っ切りなしにしゃべってくれるおかげで、少なくとも気まずい思いはせずにすんだ。

「いやだわ」クレイグの母は手を払った。「マギーと呼んでちょうだい。それに、こちらこそ楽しかった。それじゃあ三人とも、また夕食のときに会えるかしら？」

「ああ、母さん。今夜は残り物の炒め物（バブル・アンド・スクィーク）でふたりを拷問だ」

　即座にアシュリーが顔をしかめる。

「あなたがマクドナルドに刺激されて作ったオートミールのおいしさにはかないっこ

ないわね」カリは言った。

マギーは息子に向き直った。「マディソンで料理を始めたの?」

クレイグが笑う。「〝始めた〟は大げさすぎるな。オートミールとサンドイッチを作ったくらいだよ。ゆで卵はどうしてもうまくできないし、料理はいまやすっかりご無沙汰だ」

「メアリーにしごいてもらえばいいわ!」カリは言った。

彼の頬がわずかに赤くなったように見えた――変ね、そんな失礼なことを言ったつもりはないのだけれど。

「そうしてもらおうかな」クレイグが応じた。

クレイグはふたりをガレージへ連れていき、日がな一日ガレージでうろついているだけらしい運転手に、今日は自分で運転すると告げた。

「かしこまりました、サー。キーをご用意いたします」

アシュリーがあっと声をあげた。「あれって、ベントレー・ミュルザンヌ?」

「そうだよ。車に詳しいんだね、アシュリー」

「そりゃあもちろん! あたしの父は自動車整備士だもの。だからあたしも車に関してはちょっとした専門家よ。オイルを交換してあげましょうか？　車体をウィスコンシンまで輸送してもらわなきゃだけど」

クレイグは大笑いした。「グレゴリー、ミュルザンヌのキーを持ってきてもらえるかい？」

「ただちに、サー」

「あたしが助手席（ショットガン）に乗る！」アシュリーは叫びながら車に駆け寄ると、ドアハンドルに触れた。

カリは噴きださないよう唇を嚙んだ。アシュリーのこういうところが好きだ――英国女王の前だろうと親友の前だろうと態度が変わらない。だからアシュリーは患者からも慕われている。

カリはここまで開放的にはなれなかった――カリのことをよほどよく知っている相手の前でなければ、本当の自分をすべてさらしてはいけないと思っている。カリの考えでは、失敗したり、何か恥ずかしいことをしたりしても許してくれるのは親友だけだった。そして親友に許してもらって初めて、自分を許すことができるのだ。

クレイグはキーを受け取り、車のロックを解除した。アシュリーのために助手席のドアを開ける。「マダム？」

「えっ、そっちは運転席でしょ――」アシュリーは少しのあいだ車を見つめ、それからけらけらと笑いだした。「やだ、そうだった。イギリスの人ってどういうわけだか左車線を走るのよね。右ハンドルってすっごく変」

「右側の席（ショットガン）に乗るって宣言したでしょ、アシュリー」カリは言った。「運転は頼んだわよ」

アシュリーは大きなため息をついた。「たしかに。ぐうの音も出ないわ」満面の笑みで助手席へまわり、革張りのシートにさっと乗りこむ。

クレイグはそっとドアを閉めてから、カリのために後部座席のドアを開けてくれた。

「後ろでも充分快適だといいんだが」

カリは中をのぞいた。「わたしのシビックの快適さには負けるでしょうけど、よしとするわ」

クレイグは笑い、乗りこむ彼女を支えようと、優しく手を取った。まるで電流が流れたみたいに体が熱くなった。カリは彼の手を放して、自分のジャケットを整えた。

クレイグはパネルのボタンを指差した。「リクライニングできるから、自由に使ってくれ」

カリはやや圧倒されつつ周囲を見まわした。「本当にいいの？」

彼はウィンクし、運転席へとまわりこんだ。

エンジンをかけると、クレイグはなめらかに車を車道へ進めた。豪華ジェット機の機内に戻ったみたいだとカリは思った。

「お嬢さんたち、車で観光するのと歩いて観光するのは、どっちがいい？」

「歩きね」

カリが言うのと同時にアシュリーが声をあげる。「車よ」

クレイグは笑い声をあげた。「じゃあ、こうしたらどうかな。少しドライブしてから車を置いて、後半は歩いて観光するんだ」

アシュリーは腕組みした。「いいわよ。でもあたしたちが歩きまわってるあいだに車を盗まれても知らないから」

ふいにカリの頭の後ろで音がした。首をめぐらせると、リアウィンドウが消えていくところだった。

「えっ——何が起きたの？」

「ごめん！」アシュリーが声をあげる。「たぶん、あたしが変なボタンを押しちゃったんだわ」

クレイグが笑った。「いや、いまのはぼくだ。カリが暑がるんじゃないかと思って——もっと寒い気候に慣れきっているだろうから」

「知らなかったわ、リアウィンドウって開閉できるのね」カリは怪訝そうに見ながら言った。すぐにウィンドウがふたたび現われる。

「観光名所は車でめぐればいいかな——ビッグ・ベンに、バッキンガム宮殿……」

多数決で負けるのはわかっていても、カリは言うだけ言ってみることにした。「でも、ツアーに参加してガイドから詳しい話を聞くのもおもしろいんじゃない？」

クレイグとアシュリーが同時に答えた。「それはない」

カリは天を仰いだ。ひとりで観光するわけにもいかない。陰鬱な空模様とはいえ、観るものがこんなにあるんだから、そんなことが気になる？

「ぼくを信用してくれ」クレイグが言った。「このほうがたくさん観られる。これはプライベートなバスツアーだよ。イギリス人によるプライベートガイドつきのね」

「チャーチルが戦時中に指揮を執った地下壕（ウォー・ルーム）が車の中から見える？」カリは尋ねた。

「見える見える」アシュリーが言い返す。「下を見ればいいだけよ。どこかその辺にあるでしょ」

カリはあきれて首を横に振った。このふたりが相手じゃ埒（らち）が明かない。彼女はシートにもたれて景色を楽しむことにした。ロンドンは本当に息をのむような街だ。

クレイグは巧みなハンドル操作で街をめぐり、宣言どおり、数々の観光名所を指差して教えてくれた。さらに観光ツアーを始めてほどなく土砂降りになり、車の中にいてよかったとカリも認めた。

二時間ほどすると雨は小降りになり、車を置くためにクレイグのフラットへ寄ることになった。地下ガレージに入ると、高級そうな車がずらりと並んでいた。

「これが全部あなたのだなんて言わないでよ」アシュリーはドアを開けてうめいた。

クレイグは頭の後ろをかきつつ、アシュリーを横目で見た。「これは全部ぼくのではない。これでいいかい？」

「もう！」アシュリーは両手を投げだした。「いまのすっごく白々しかった。やっぱり全部あなたのなのね」

「こう言えば、きみの気分も晴れるかな」クレイグはベントレーに寄りかかって言った。「キーのありかを覚えていないんだ、だからどれにも乗ることはできない」

アシュリーは腕を組んだ。「そんなんじゃ気分は晴れないわよ」

「出口はすぐそこで……」

カリは車のことは何ひとつわからなかった。マディソンで雪と泥に覆われている自分のシビックとなんの違いがあるのかさっぱりだ。カリはエレベーターへ目をやった。

「あれはあなたの部屋まで直通なの？」

「ええと——ああ、そうだよ」

カリは笑みをこらえた。「ぜひ見せてもらわなきゃ。実はノミたちを連れてきているの。あなたに返してあげる」

クレイグは両手をこすりあわせた。「生きている動物を持ちこんだことを、ちゃんと税関に申請したかい？」

「ええ、そこでナンキンムシは没収されたわ、残念なことに」カリはエレベーターへ向かった。「でもチップのちっちゃなお友だちはまだ一緒よ」この観光名所だけは絶対に見逃せない——謎に包まれたバッド・ボーイ・ビリオネア、クレイグ・ワトソンの自宅だ。

「それならノミたちを待たせちゃ悪いな」クレイグはエレベーターを呼んだ。

三人は中へ乗りこみ、黙って数階上まで上昇した。ドアが開くと、床から天井まである窓の向こうに街の眺望が広がっていた。深みのあるチョコレート色の堅木の床が、純白の壁と目が覚めるような対比を成している。

カリは一歩踏みだした。ジョークを言いたいけれど何も思いつかない。室内は汚れひとつなかった。キッチンの剝きだしのレンガ壁からぴかぴかに磨かれた灰色の石造りのカウンターまで、どんな細かいところを見ても、人の住まいというより映画のセットみたいだ。

カリはくるりとまわった。この場所はなんてクレイグに似つかわしいのだろう。ここそ彼の居場所だ――この優雅な世界こそ。彼女の家の地下室なんてもってのほか。車から乗りおりする彼女の手を、クレイグが優しく取ったりすることもない。カリはその考えを頭から追い払おうとした。

「こうしましょうよ、クレイグ」アシュリーが腰に手を当てて言った。「あたしが車のキーを見つけたら、一台ちょうだい」

彼は笑った。「いいよ」

アシュリーは歓声をあげ、すぐさまドアや引き出しを開け始めた。

「絶対に見つからないよ」クレイグがささやいた。「見つけられたらいいとは思うけれどね」

「すてきな眺めね」カリは窓の外へ目をやった。

「バルコニーに出てみるかい？」彼が尋ねた。「すぐそこから出られる」

カリは見まわした。「ええ」

クレイグが引き開けたドアから、カリは外へ出た。雨はやみ、息づく街のみごとな景色が眼下に見える。

カリは深く息を吸いこんだ。「すごい。うちの地下室より眺めがいいのはたしかね」

彼は肩をすくめた。「ぼくはあの地下室が気に入っていた。本当に、とってもね」

「そう」カリは咳払いした。「結婚したらバニーはここへ引っ越してくるの?」

クレイグは腕を組み、遠くのビルへと視線を馳せた。「いや、違うだろうな。ここを売り払うのにぼくが同意したと彼女は言っていた。代わりに——彼女はなんて言ったっけ?——もっとフェミニンな場所、だったかな、そういうのを買うそうだ」

カリは笑った。「六台停められる地下駐車場は彼女の好みじゃないの?」

「あいにく違うらしい。問題は、ぼくが割とここを気に入っていることだ」

「だったら手放さなければいいわ」カリは言った。「あなたはここも、もっと〝フェミニンな〟場所も、所有できる余裕があるんでしょう?」

クレイグが顔をしかめる。「そうだな、たぶん。いや、どうだろう。この結婚式で両家そろって破産しそうな気もするからな」

カリは大笑いしすぎてしまった。これでは変な空気になる。「最近はどの結婚式もそんなものよ」急いで言った。「少なくとも、わたしはそう聞いているわ」

「きみとルークはどんな結婚式を考えていたんだい？」

「そうね」カリは静かに言った。「どうだったかしら」

「すまない、そんなつもりじゃ——」

「いいの、心配しないで。単に——彼は病状が深刻で、なんの計画も立てられずじまいだっただけ」

「そうか、それもそうだね」

　カリは手すりにもたれかかった。「きっとこぢんまりとした結婚式になったでしょうね。教会へ招くのも、お互いの家族と数人の友人だけ。大人数にはならないわ——ルークはひとりっ子だったから。そのあとは——そうね、わたしはどこかへ旅行に行くのが昔からの夢なの。みんなでね、家族も一緒に。うちは子どものころから、家族旅行をしたことがないの。別に観光地である必要はないわ——大きな家にみんなで泊まるだけでもいい。暖炉を囲んでみんなで夜更かしして、おしゃべりに興じ、ココアを飲むの」カリは強烈な郷愁に駆られるのを感じた。空想でしかないのに、胸がいっぱいになる。

「すてきだね」クレイグが言った。カリのほうへ一歩近づき、並んで街を見渡す。

「きみがルークを失ったことは残念に思うよ、カリ。きみは幸せになる権利がある」

目に涙があふれるのがわかった。喉に塊がつかえている。これ以上ひどくなる前に感情の芽を摘みとらないと。カリは息を吸いこんでから言った。「ありがとう。ところで、ソーホー地区を案内する用意はできている、ミスター・ワトソン？」

「もちろんだとも、ミス・ミッチェル。謹んで案内させてもらおう」クレイグがドアを開け、カリは室内へ戻った。

アシュリーはソファのクッションの下を調べているところだった。「車のキーをいったいどこへやったのよ。ここの壁のひとつに秘密の隠し場所があるに違いないと思うんだけど」そばの柱をこんこんと叩く。

クレイグは笑った。「そうだね。キーをどこかへ置き忘れるのは仕方ないとしても、絶対に見つからない場所にしまいこんで、頭を打ってその場所がどこかきれいさっぱり忘れてしまうんじゃお手上げだ」

「責められるべきはウィスコンシンの冬ね」カリは明るく言った。どうにか泣かずにいられた。バルコニーにいたとき、なぜ激しく心を揺さぶられたのかはわからないが、それについて考えるのはよそう。「それで——ソーホー・スクエアまでは遠いの？」

20

　夕食まであと一時間となり、クレイグは帰る時間だと告げた。カリに観光を切りあげさせるのは忍びないが、パレス劇場まで歩いたところで雨に降られたので、夕食前に身支度を整える時間がほしかった。

　ずいぶんとユニークなウォーキングツアーだった——解説はカリがほとんどひとりでしてくれた。一八五四年のコレラの収束はソーホー地区から始まったことを看護関係の書籍で読んでいたらしい。クレイグも学校で学んだことをぼんやり覚えていたが、カリほど詳しくは知らなかった。もっとも、ソーホー地区の音楽シーンについては、彼ほどの知識はカリにはなかった——そっちはコレラの収束後、長い歳月が流れたあとのことで、カリはたいして興味がなかったのだろう。クレイグはビートルズやクイーンがアルバムを録音したトライデント・スタジオとジャズ・クラブ〈ロニー・スコッツ〉について話し、カリはのちにコレラの発生源だとわかったブロード・ストリートの水ポンプの話をした。アシュリーはおなかが減ったし、休憩したいと文句を言った。

三人はクレイグの両親の家へ戻り、彼は玄関先で車を停めると、運転手のテッドに渡した。それから玄関まで駆けあがってふたりのためにドアを開け、彼女たちに続いて中へ入った。母の姿がどこにも見えず、彼はほっとした。約束の時間より遅くなってしまったので、叱られるのがいやだったのだ。急いで自室へ戻ろうとしたとき、彼の名を呼ぶ声がした。

「クレイグ！　ようやくご帰宅ね！」

彼は凍りついた。バニーだ。観光と夕食に彼女も誘っていたのを忘れていた。返信がなかったから、てっきり来ないものと思っていた。「やあ！」振り返ると、玄関ホールに彼女が立っていた。

「悪い知らせがあるの」

「何があったんだい？」クレイグは階段を引き返した。

「たったいま電話があって、お花を飾るための背の高いクリスタルの花瓶がひとつも用意できないかもしれないんですって！」

彼は腕を組んだ。「運が悪かったね。ところで——それはどこに置く花瓶だい？」

「化粧室よ！　あなた、わたしの話をちっとも聞いていなかったのね」

クレイグは小さく鼻で笑った。「とにかく、残念だけど、花瓶はなしでやるしかないだろう」

「幸い」彼女は続けた。「プランナーが花瓶をレンタルしている別の会社を見つけたわ。ただ式場への貸し出しに倍近い料金を請求されるのよ」

クレイグは肩をすくめた。「化粧室は花なしでいいんじゃないかな」

バニーは彼をにらみつけたが、言い返す前にクレイグの母が現われた。

「おかえりなさい、ダーリン！」

クレイグは母の頰にキスした。「ただいま、母さん。遅くなってごめん、さっとシャワーを浴びたらすぐにおりてくるつもりだった」

「体が冷えきっているじゃない！　傘を持っていくのを忘れたの？」

「考えもしなかった」

彼女は両手でしっしっと追い払う仕草をした。「早く二階へ行って温まってきなさい。すぐに夕食にするわよ。わたしたちのゲストにもすてきなサプライズを用意してあるの」

「まさか父さんのいたずらじゃ――」

「あら、そっちはもう仕込み済み」母が返す。「ほら、行って！」

クレイグはバニーへ目をやった。「花瓶のことはあとで話そう、いいね？」

バニーは穏やかにうなずいたものの、化粧室に花を置くべきかどうか長い口論にならなかったのは、単に母がいたおかげだとクレイグにも察しがついた。


寝室へ行き、短いながらも熱いシャワーを浴びて、凍えた体をほぐした。母が用意しているサプライズには何を着ていけばいいだろう。サプライズ好きな母のせいで、これまでも場違いな服装になったことがあるのだ。九つのとき、母がサプライズでプールパーティーを開いてくれたのに、彼は肝心の水着を持っていなかったのだ。結局今回は、はきなれたジーンズと半袖シャツという格好にした。

階下へおりると、バニーの表情で自分の選択が間違いだったことがわかった。

「スポーツジャケットはすべてアメリカに置いてきたの？」彼女は苦笑いして尋ねた。

クレイグは自分を見おろし、彼女へ目を戻した。「母のサプライズのために何を着るべきか、きみは知っているのかい？」

バニーは嘆息した。「いいえ、でもロデオで暴れ牛に乗るのに適した服装だとは思えない」

「だけどぼくはカウボーイハットすらかぶっていないだろう」彼は反論した。

「大差ないわ」彼女は吐き捨てるように言った。

父が部屋に入ってきたので、クレイグはバニーの意見を聞き流し、代わりに一八五四年のコレラ大流行に関する両親の知識を確かめることにした。予想どおり、一番よく知っていたのは母で、父も多少は知識があり、バニーは会話にいっさい加わらなかった。

ちょうどコレラの話が終わったころ、アシュリーとカリがダイニングルームに入ってきた。カリの美しい白のワンピース姿に、クレイグは不意打ちをくらった。彼女はまたもまぶしいきらめきのようなものをまとっており、父に紹介されて頬を赤らめると、それがいっそう強調された。

「フィリップ・ワトソンです、はじめまして」父の声はややくぐもっている。

父は何を企(たくら)んでいるのかと、クレイグはテーブルをまわりこんだ。父は少し舌足らずになっているし、いつもより声が大きい。

「アシュリー・ミラーです、どうぞよろしく!」

「はじめまして、ミスター・ワトソン、カリです」彼女が手を差しだす。父はにかっと笑って握手をし、うなずいた。

父と向きあったところで、変なしゃべり方になっている理由が判明した——また偽物の歯を入れているのだ。外国人の客が来るたび、父はがたがたの歯並びの入れ歯をつけておもしろがる。遠縁のカナダ人が訪ねてきたときなど、イギリス人は歯並びが悪いという偏見を茶化すためだけに、夕食のあいだじゅう入れ歯をつけたままにしたせいで、咀嚼（そしゃく）しなければならない料理はひとつも食べられなかった。

「父さん、ひとつぼくのリクエストにこたえてくれないか？」クレイグは言った。

「もちろんいいぞ」

「ゲストのために口笛で国歌を聞かせてほしいんだ。父さんは口笛が上手だと言ったら、ふたりともすごく聞きたがってね」

父はわかったとうなずき、口をすぼめようとするが、偽物の歯が大きすぎて邪魔をしている。笑いそうになりながらも息を押しだし、カリにつばが飛んだ。

父は思わず笑いだし、入れ歯をぽろりと落とした。父のいたずらに気づいて、カリとアシュリーも笑いだした。

クレイグの母親はやれやれとかぶりを振っているが、唇には笑みが躍っている。

「ありがとう、ハニー、すばらしい演奏だったわ。では席に着きましょうか？」

「ええ、見世物はもう充分」バニーがクレイグにしか聞こえない声でささやいた。

クレイグは歯を食いしばった。前にもバニーは父のユーモアを解さなかったことがあり、そのときの記憶が鮮明によみがえった――だが、どうすればいい？　自分の家でいたずらをするなと父に言えと？　いやな雰囲気にならないうちに、さっさと夕食が終わるといいが。

全員が腰をおろすなり、母はその日見てきた観光地についてカリにあらゆる種類の質問をし始め、自身も歴史的知識をいくつかつけ加えた。このふたりの相性は最高らしい――どちらも歴史と、街に関する退屈な雑学好き。

アシュリーとバニーのあいだに座ったクレイグは、アシュリーが気を遣って話しかけてはことごとく失敗するのを最前席で見るはめになった。

「それって本物のバーキン？」アシュリーがバニーに問いかけた。

バニーは令嬢然として小さく笑った。「それ以外に何かあって？」

「それはわからないけど」アシュリーは顔をしかめた。「そのバッグって十万ドルとか、もっとするのもあるんですってね！　そんなクレイジーな話、聞いたことなかったわ」

「ええ、そうね、初めて見る人には品質を理解するのは難しいでしょうね」バニーが優美な笑みを浮かべる。

　クレイグは体がこわばるのを感じた。バニーは棘のある言葉をいかにも優しげな声音で口にできる。言われたほうは、あとになってそれが侮辱だったと気づくことがしばしばだった。

「そうかもね、シスター」アシュリーはうなずいた。会話はバニーの父親がかわいがっているサラブレッドの話になり、クレイグはほっとした。よし、これなら険悪な雰囲気になることはないだろう。アシュリーは礼儀正しく微笑み続け、馬や特殊な鞍について、適切なところで質問をはさんだ。しかし一度、一瞬だけ、アシュリーと目が合い、その顔つきに皮肉めいたものをクレイグは感じた。しかし、その表情はすぐにアシュリーの顔から消えた。

　そのあとは何も起きることなく夕食を終えることができた。カリと母がどんな話をしているのかよく聞こえないのは残念だったが、席が遠すぎたので仕方ない。最後にデザートが運ばれてくると、いまだと判断した母からみんなにビッグサプライズが発表された。

母がグラスを置き、ぱちんと手を打ちあわせる。「クレイグ、あなたが覚えているかわからないけど、わたしの親友がヴィクトリア&アルバート博物館に勤めているの」

心当たりがなかったので、クレイグはただ微笑み返した。

「それでね」母は続けた。「今夜の閉館後、数時間貸し切りにしてもらえることになったのよ！」

最初に反応したのはカリだ。「ええっ、すごいわ！」

クレイグは顔に笑みを広げた。「そういう意見もあるかもな」アシュリーへ目を向けると、座ったままにこにこしているが、唇はきっちり結ばれている。

「粋な計らいね」バニーはそう言ってから、デザートを少しだけ口へ運んだ。

「わが麗しの奥方から、またもみごとなサイプライズだ」クレイグの父親は妻に顔を寄せ、頰にキスをした。

一行は二台の車に乗りこんで博物館へ向かった。最初、クレイグはバニーとふたりだけで行くような流れになったが、大きな車でアシュリーとカリも同乗させようとバニーにうながした。

「ふたりともすてきな人たちだよ」彼はひそひそと言った。「きみには彼女たちともっと親しくなってほしいんだ」

「あら、もちろんよ」バニーが返す。「テッドに言ってロールスロイスを出させましょう」

博物館に到着すると、開館中と変わらず明るいのに客の姿はいっさいなく、不思議な感じがした。カリはクレイグの母親といそいそと歩いていった――まるでキャンディショップに来たふたりの少女みたいだ。

「テキスタイル・コレクションは必見よ、王朝誕生前のエジプトで作られた織物が所蔵されているんですからね！」

アシュリーは、クレイグの父親と一緒に彫刻の展示室へぶらぶら進んでいく。クレイグは母とカリのあとに続き、ときおり聞こえる、カリが興奮して息をのむ音を楽しんだ。バニーはしばらく彼の後ろを歩いていたが、携帯電話でメッセージを打ちこむのに集中するために腰をおろした。

「あなたは運がいいわ、わたしがかかりっきりで結婚式のプランニングをやっているんだもの」ベンチに腰掛けたまま彼に言う。

「ああ、わかっているよ」クレイグは微笑んでからバニーのそばを離れ、博物館を楽しむカリを眺めに戻った。うれしそうな彼女の姿を見て、昼間、博物館へ連れていかなかったことが悔やまれた。もっとも、このほうがずっといい——何百人もの観光客に邪魔されずに見学できるのだから。二時間もすると、歴史好きではないメンバーは時間を持てあますようになっていた。

「すばらしいツアーだったよ、マギー」クレイグの父が言った。「だが、わたしたちは先に帰ってお茶にしようかと思う」

「ぼくは残ろう」クレイグは言った。「陶磁器の陳列室にまだたどり着いていない。子どものころはあそこがすごく好きだったんだ」

「あら、だめよ」バニーが割って入った。「わたしもあなたへのサプライズを用意してあるの」

「ぼくへのサプライズ?」クレイグは片眉をあげて彼女を見た。

「そうよ。だから、わたしたちはそろそろ帰らない?」

カリが輪の中へ進みでた。「まだまだここにいたいけど、わたしたちが帰らないと、職員の方々もご家族の待っているわが家へ帰れないわ」

「たしかに」クレイグは言った。「この博物館から逃げだす絶好の口実だ。アシュリー、きみはどう思う?」

額をさすっていたアシュリーが応じる。「もちろん同感。あたしもちょうどそう考えてた」

「それもそうだわ」クレイグの母が折れた。「だけど、別の機会にまたぜひ来ましょうね！」

「ええ、ぜひ」カリが言った。「この博物館をちゃんと見学するには数週間はかかりそう。いえ、数年かも」

「ぼくは生まれてからずっとこの近所に住んでいるが、一度に何時間も滞在できたためしがない」クレイグは言った。「だからぼくは一生かかってもちゃんと見学できそうにないな」

みんなで爆笑して車へと引き返した。帰りの車内は静かだった——外は暗く、一日中動きまわっていたため誰もが疲れていた。

帰宅すると、紅茶と一緒に香ばしい香りのペストリーとお菓子が用意されていた。クレイグはカリの目がぱっと輝くのを見つめた。これは独身者のお粗末な食事の対極——贅沢な英国流ティータイムの食事だ。だが、いまは彼女にそれを言うのはやめておこう。

お茶の途中でバニーが退席した。数分後、ふたたび現われた彼女は鼻高々といった様子でクレイグに近づいてきた。

「これを見て！」新聞を差しだす。

「いったいなんだい？」クレイグは尋ねながら受け取った。新聞を開いて恐怖にすくみあがった。紙面いっぱいに掲載された自分自身とバニーの写真がこちらを見つめ返している。

「どれどれ、わたしたちにも見せてくれ」父が手を伸ばす。クレイグはどうすればいいのかわからず、父に新聞を渡した。あの写真撮影はこれのためだったのか――一種の公式発表か？

「ヘアスタイルがキマっているじゃないか、クレイグ」父が感想を言う。「これはフォトショップで加工したのか？」

両親そろって笑いだす。アシュリーものぞきこんで、くすくす笑った。クレイグも気づくと笑っていた。笑っていないのはバニーとカリだけだ。

「ヘアスタイルは完璧ではないかもしれないけれど」バニーは眉間にしわを寄せた。「わたしはなかなか印象的だと思うわ。あなたもそう思うでしょう？」

アシュリーはティーカップを置いた。「ええ、そうね、華麗だわ！」

クレイグは鋭い視線を向け、〝華麗？〟とぱくぱく口を動かした。それでもアシュリーの笑みは揺らがない。幸い、バニーは新聞のこの一面を確保するのがいかに大変だったかをみんなに話すのに気を取られていた。

クレイグはカリへ目を向けた。彼女は蒼白になっている。「大丈夫かい？」小声で問いかけた。

彼女を驚かせてしまったようだ。「わたし？　ええ、大丈夫よ。たくさん観光して少し疲れたわ。もうベッドに入ったほうがよさそう」

カリは彼の両親のもてなしに礼を告げてから、そのまま自室へさがった。バニーは、このカメラマンは個人の依頼はめったに引き受けないのよと、まだアシュリーに説明中で、イギリス流に、ひどく控えめに、いかにすごいことかを自慢している。アシュリーはそれには気づかないふりをしていた。クレイグは話に加わらなかった。あのカメラマンについて何も知らないせいでもあるが、何よりうわの空だったからだ。厳しい冬と迷子の子猫、それにティラミスを思って。

21

カリは走るようにして階段をあがり、誰にも呼びとめられることなく無事に自室まで戻った。クレイグが追いかけてくるかもしれないと案じたが、彼女の言い訳に納得したらしい。彼が追いかけてくると思うなんて、ばかげている。自分は婚約者のいる相手に不適切な感情を抱く、ばかな、本当にばかな女だ。

新聞に掲載されていたクレイグとバニーの写真は青天の霹靂(へきれき)だった。ふたりが婚約中でもうすぐ結婚する身であることを忘れていたわけではない——とはいえ知っているのと、新聞にでかでかと喧伝(けんでん)されているのを目の当たりにするのとではまるで違う。バニーは白いドレス、クレイグはタキシード姿で、あれはどう見てもウェディングフォトだ。バニーはあり得ないくらいエレガントで美しく、クレイグは目を奪われるほどハンサムだった。まさにお似合いのカップルに、カリは意識が遠のきかけた。

簡単に気絶するようなたちではないのに。長年の看護師生活でいろいろなものを目にしてきた。大量出血に、複雑骨折。そんなものではもうびくともしないが、なぜかクレイグのあの写真には気を失いそうになった。

彼がウィスコンシンを去ったあと、寂しくなったのは事実だ。同居人がいると安心できるからでしょう、とカリは自分を納得させた。特に意味はないのだと。アシュリーが招待に応じたときは憤慨した。もう一度クレイグに会う算段など、カリは断じて立てていなかったのだ。その一方で、わくわくもした――国外へ出たことは一度もなく、イギリスの豊かな歴史には魅了される。マギーも熱心な歴史好きだったのは信じられないくらいの幸運だった。マギーとその夫はとても親切で、カリの想像とはまるで違っていた。内心、彼らは横柄な人たちでカリは田舎者扱いされるのではと不安だったが、ふたりとも好意的だった――単に好意を示すにとどまらず、カリを一種の英雄みたいに歓迎してくれた。

そのお返しに自分は何をしているの？　婚約して幸せ真っ只中の彼らの息子に横恋慕とは！

新聞の写真に気絶しかけたあとは、認めるしかなくなった。ええ、自分はクレイグに好意を抱いている。彼のことが好きだ。彼にはとても好感が持てる。けれどそれはなんの意味もない。女子生徒が熱をあげるようなものだ。カリは自分に言い聞かせた。

クレイグみたいにハンサムでおもしろく、愛嬌のある男性にどきどきしない人がいる？　それは彼女にもまだ人間らしさがあることを証明しただけにすぎず、ふたりのあいだに特別なつながりがあるとかそんなことではない。

それなのにカリは、こうして地球の反対側まで飛んできて、ちょっとしたことを見つけてはクレイグをからかい、彼に話したくてなんでもいいから歴史の豆知識を思いだし、コレラにまつわるうんちくで彼を感心させようとへたな努力をしている。コレラ！　なんてロマンティックな話題だろう！　カリは世紀の男たらしらしい、下痢が止まらなくなって死にいたる感染病について、彼に一日中でもしゃべっているのだから。

バニーならクレイグ相手に下痢の話など絶対にしない。下痢なんて言葉すら口にしたことがないだろう。バニーは本物のレディだ――おしゃれでエレガントで美人。髪が乱れることは決してなく、ムラやヨレの出ないファンデーションの塗り方を心得ており、高いヒールで一日中歩き続けても、途中で裸足になることはない。カリは死ぬまであんなふうにはなれそうもなかった。

なろうとするべきでもないのだ。カリには愛した人がいた。だからこの人生で誰かを愛するのはルークが最後だとわかっている。もしもハチやイルカ、皇帝ペンギンに生まれ変わったら、そのときは新たな魂の伴侶と結ばれるのかもしれない。それらの生き物が本当に生涯同じパートナーと連れ添うのかは知らないけれど。それはさておき、カリはソウルメイトにめぐり会い、失った。そのことは人生最大の喜びであり、もっともつらい痛みだ。あんな思いは二度と経験したくなかったし、経験するのは不可能だろう。ソウルメイトは一生にひとりと決まっているに違いないのだから。

クレイグとバニーのあいだに波風を立てて仲を引き裂くのは、ワトソン夫妻の厚意にこたえるやり方ではなかった。それは製紙工場経営者の娘がいかにもやりそうな、レディらしさからはかけ離れたふるまいだ。

自分の感情を抑制するのが無理なら、行動だけでも抑制しようとカリは決心した。クレイグへの情熱はいずれ冷めるはずだ。あとはふたりのあいだに距離ができればいいだけのこと。こちらがウィスコンシンへ戻り、彼が結婚すれば、一緒に過ごした短いひとときは色褪せて過去と化す。

たしかにすてきなひとときだったけれど、正直、クレイグと過ごしたのはほんの数週間だけで、それで彼を愛するようになったと考えるのは無理があるでしょう？　そのあいだ、クレイグは自分が何者かさえわからなかったのに！　お話にもならない。あれは一過性の恋で、ちょっぴり熱をあげただけ。カリは心の中でそう断じた。なるべく早くアメリカへ戻ろうという決心にも迷いはなかった。

翌朝、朝食の前にマギーと話し、楽しかった博物館見学に心から感謝し、自分もアシュリーもなるべく早くウィスコンシンへ戻らなくてはいけないのだと伝えた。マギーは引きとめようとしたが、カリは譲らなかった。心は決まっていた。アシュリーにも、まだいいでしょうと粘られたものの、こうする必要がある、理由はあとで説明するとだけ告げた。

みんなにさよならを言うあいだも平静だった。クレイグに引き寄せられて最後の抱擁を交わし、彼のコロンのかすかな香りを吸いこんだときも、心は落ち着いていた。クレイグは滑走路まで車で送ると言って聞かず、カリは車からおりてジェット機のタラップをあがり、さよならと手を振ったあと、座席に着いても落ち着き払っていた。飛行機が飛び立ち、クレイグとのあいだの距離がぐんぐん広がっていくにつれ、心は軽くなる一方だった。

気分は晴れやかで、自分の決断にはなんの疑問もない。正しいことをしたのはわかっている、たとえちょっぴり寂しくても。カリはそのことに慰めを見いだした。アシュリーは何も尋ねてこず、意外に思ったものの、こちらも触れないことにした。

ウィスコンシンに到着すると、スティーヴンが車で迎えに来てくれていた。アシュリーはイギリス旅行の一部始終をほぼひと息にまくしたてた。カリは笑い、ところどころで言葉をつけ足した。カリの家に着くと、アシュリーは玄関まで送ると言い張った。カリは奇妙に思いながらも、心遣いに感謝した。

「空き巣が家の中で待ちかまえてないか、確かめないと」アシュリーはそう言い訳をした。

カリが玄関ドアを開け、中に誰もいないのを示すと、アシュリーはようやく満足した。というより、カリはそう思った。

「もうひとついい、カリ」

「どうかした?」

アシュリーはため息をついた。「本当は、あたしからはなんにも言いたくなかった。だから言うだけ言ったら、走って車へ戻る」

何を言われるのかは察しがついているし、カリは反論の準備ができていた。「ねえ、アシュリー、あなたの考えていることはわかる――」

「いいから聞いて! ひとつだけ言ったら帰る。ルークが亡くなったとき、あなたの心が粉々になったのは知ってる。知ってるのよ。でも彼だって自分の死を、あなたが今後一生恋愛から逃げまわる口実には使ってほしくないはずよ」

カリは言い返そうと口を開いたものの、ショックのあまり何も考えられなかった。アシュリーからこんなことを言われるとは思ってもいなかった。

アシュリーは続けた。「傷つくのを恐れて人生を棒に振らないで。幸せになる、ほんとに、本当にまたとないチャンスを人生が与えてくれたんだからなおさらよ」微笑み、カリの両手を握る。「これで全部。愛してるわ。話はまた明日ね、反論はさせないけど。おやすみ！」

アシュリーがくるりと背を向け、車へ走っていく。氷で足を滑らせて転びそうになりつつも、両腕を振りまわして踏ん張った。カリはうっすらと口を開けたまま、戸口からそれを見守った。

恐れているなんて……そんなのはすべて誤解だ！ 自分は恐れてなどいない！ ただ――人生に多くを期待しないほうがいいと心得ているだけ。愛なら、この人生での自分の分け前はすでに受け取っているのだから。

ドアを閉め、荷ほどきに精を出そうとした。どんなにせっせと手を動かしても、胸にのしかかる重苦しさは黙殺できなかった。この気持ちをいったいどうすればいいのだろう？

22

ジェット機が離陸し、遠くへ消えていくのをクレイグは見つめた。カリが去ったら寂しくなるだろう。別の女性と婚約しているのに、そんな気持ちになるのは罪だとわかっている。それでも、それが本心だった。カリがいなくなったとたん、頭上に雨雲が流れてきたような気分だった。彼は無言で家路についた。

帰宅すると、母がクレイグを迎えた。

「サプライズでお客様を招いた感想を聞かせてちょうだい」

彼は微笑んだ。「ふたりに会えてうれしかったよ、母さん。サプライズの女王の座はいまも母さんのものだ」

母は両手を打ちあわせた。「よかった！　ふたりともすてきな人たちね。それにあなたが言っていたとおり、カリはきれいな人だったわ」

クレイグは顔が赤くなるのを感じた。「うん、その、もう行くよ。一緒にケーキの試食をするようバニーに言われているから。どうやら前にふたりで選んだやつは、いまやケーキとは呼べなくなったらしい」

母は一瞬、彼を見つめたあと返事を口にした。「わかったわ、スウィートハート」

バニーをフラットまで迎えに行ってから、目的地へ向かった。ケータリング業者の近くで駐車スペースが見つからず、数ブロック歩くはめになったことにバニーはいらだった。

「先にわたしを店におろして、そのあと車を停めに行けばよかったじゃない」

クレイグは肩をすくめた。彼は散歩を楽しんでいた。「いまさらだよ。それに駐車スペースを見つけたあとに、きみだけ目的地まで送って戻ってきたら、ほかの車に入られていただろう」

「次は」バニーは感情のない声で言った。「駐車スペースのために三十分も歩かないから。覚えておいてちょうだい」

「覚えておくよ」通りの反対側へ目をやると、若いカップルが微笑んで手をつないでいた。自分たちは手をつないだことがあるのだろうかとクレイグは思った。いまは試しにやってみるときではなさそうだ。

ふいに悲鳴が聞こえた。何かあったのかとクレイグはあわててバニーを振り返った。するると彼の目に飛びこんできたのは、興奮した大型犬が彼女から引き離されるところだった。

「すみません」飼い主が謝っている。

顔をこわばらせたバニーは飼い主には目もくれず、クレイグに向かってつぶやいた。

「あの汚らしい動物が、わたしのコートにべたべた足跡をつけるところだったわ」

クレイグは石のように固まった。その光景に見覚えがあった。あんなふうに犬が飛びかかるのを見るのはこれが初めてじゃない……。

最初に脳裏をよぎったのは、カリの実家の犬に飛びかかられて尻餅をついたときのことだ。クレイグの脳は犬に飛びかかられた思い出をすべて彼に見せようとしているのだ、それらが重要なことのように。

別の光景がぱっと頭に浮かんだ——彼はマディソンの暗い通りをバニーと歩いていた。やはり犬が飛びかかり、今度は彼女のコートに前足をついた。そのさまが映画のワンシーンのように彼の頭の中で再生された。

「最低！」バニーがいまいましげにつぶやく。「わたしのコートに泥をつけておきながら、さっさと消えるなんて！」

「心配ない」クレイグは返した。「着いたら洗えばいいよ、それで落ちるさ」

「泥だらけで行くなんてあり得ないい。あなたがホテルへ戻ってタオルを取ってきて。早く！」

クレイグは言い返さなかった。すぐにまわれ右をして、彼女のためにタオルを取りに行く。

事故が起きたのはこのときだ。そのあと、彼は氷で足を滑らせて転倒したのだ。ひっくり返った瞬間のことを思いだした——身を切るような寒さの中、自分はバニーにうんざりしていた。

そのとき、バニーは？　クレイグは目をつぶり、転倒後のことを思いだそうとした。彼女はあの場にいたのか？　彼を探したのか？　転倒したとき、彼はそれほど遠くまで行っていなかったはずで、せいぜい一ブロックだ。ホテルはすぐそばだった。救急車が通過するのを彼女も目にしただろうし、何かあったのかと思ったはずだ……。

バニーの声で彼はわれに返った。

「クレイグ、何をしてるの？」彼女がいらだたしげに問いかける。彼が立ちどまったことに気づかなかったらしく、数メートル先にいる。

クレイグの声は低かった。「ぼくは〝先に行ってろ〟なんて言っていない、そうだよな？」

彼女は困惑した様子で向き直った。「ほんの数歩、先に行っただけでしょう、クレイグ。遅刻しそうなのよ」

彼はかぶりを振った。「ウィスコンシンへ行ったときのことだ。ぼくが行方不明になった夜——きみは、先に行くようぼくに言われたと説明しただろう。だが、それはでたらめだ」

バニーはつかつかと駆け寄ってきた。「でたらめなわけないわ、あなたが忘れているだけよ」

クレイグは彼女から体を引き離した。「思いだしたんだ。ぼくをあんな場所に置き去りにするとはどういうつもりだったんだ？　ぼくはきみに言われてタオルを取りに行ったんだろう？」

バニーは嘆息した。「落ち着いてよ、クレイグ、何を騒いでるの？」

「ぼくは死んでいたかもしれないんだぞ！」声が大きくなっていく。「それなのにきみは、ぼくをただ置き去りにした！」

「そうね、でもあなたは死んでない、そうでしょう？　ぴんぴんしているわ！　あなたはすぐに救急車に乗せられ、あの親切な看護師さんのところへ運ばれた。あなたがわたしに求めていたのはそれ？　看護人みたいな服を着て、あなたが元気になるまで世話を焼いてあげればよかったの？」

「つまりきみは救急車を見たんだな？」返事を待ったが彼女が黙っているので、クレイグはしゃべり続けた。「別に、きみにぼくの看護をしてほしかったわけじゃない、だけどぼくを置いて先に帰国するなんてあり得ない」

バニーは腕組みした。「ケーキの試食には行くの、行かないの？」

「行かない」クレイグは背を向け、彼女の前から歩み去った。「終わったら自分で車を呼んでくれ」首をめぐらせて言った。バニーをこんなところに残していくのは冷淡な仕打ちだとわかっていたが、それでも彼女がクレイグを置き去りにしたことよりはましだ。

車に戻り、自分のフラットまで走らせた。到着しても、自分自身を持てあました。テレビをつけたが、おもしろい番組はやっていなかった。友人のひとりに――彼らについても思いだし始めていた――テキストメッセージを送ろうかと考えたものの、これまで友人たちとはどんなやりとりをしていたのかよくわからなかった。覚えている限りでは、ただ話をしたいからと連絡をする仲ではなかったようだ。スキーや二週間のヨット旅行の誘いなら？　もちろん喜んで声をかけるはずだ。だが、恋人とけんかしたことを話したいときは？　進んで連絡はしないだろう。

テレビを消し、ソファに座って両手に顔を埋めた。この国には本当の友人はひとりもいない。仕事も、夢中になれることもないから、日中はやることがなかった。そして婚約者は、外国で頭にけがをした恋人を置き去りにすることに、なんの後ろめたさも感じない女性らしい。これが彼の築きあげた人生だった。思いだしたくなかったのも無理はない。

やり場のない思いにとらわれ、田園地方へ車を走らせることにした。子どものころは、父とこうしてドライブをするのが好きだった。もっとスポーティな車――フェラーリに乗り換えた。幸い、キーのありかはようやく思いだすことができた。アシュリーの言ったとおり、秘密の隠し場所があったのだ。もっとも、彼女が隠し場所を発見できたとしても、秘密の暗号を入力しなければキーを取りだせないと知ったら、がっかりしただろう。

車を出し、音楽をかけた。二時間ほどドライブしたところで母から電話がかかってきて、夕食に誘われた。クレイグは行くよと応じたものの、少し時間がかかるかもしれないとつけ加えた。

「まだケーキが決まらないの？」母が笑って言う。

「まあそんなところだよ」

ドライブのおかげで少しだけ気が晴れた。着信履歴にはバニーからの電話が一件記録されていた――一件だけだ。彼女は気位が高すぎて、懇願も言い訳も絶対にしないのだろう。落ち着いたら彼のほうから謝りに来るとわかっているのだ。そのことにクレイグはむかむかした。謝るべきことが山ほどあるのは彼女のほうなのに。

ハンドルを握ったまま、なぜ彼女とつきあっているのかを思いだそうとした。どれほど頭を絞ろうと、バニーのいいところはたいして思いだせなかった。彼女の家族も桁外れの資産家で、お互いの財産をひとつにすれば財政的に向かうところ敵なしになるのは理解していた。しかしそれは結婚する理由にはならない、そうだろう？

クレイグは裕福であるがゆえに、あからさまに財産目当ての女性たちから狙われてきた――彼は若くして、身をもってそれを知らされた。少なくともバニーはすでに金持ちなので、玉の輿に乗りたいわけではなさそうだ。何が彼女の望みなのか、正直言ってはっきりしない。豪華な結婚式、まずはそれだろう。彼女が美しいのは間違いないし、洗練されてもいる。とにかく表向きは文句のつけようがないものの、冷ややかな人柄は好きになれない。

結局、自分にはバニー以上にいい相手が見つからなかったのだろうという結論に落ち着いた。クレイグ自身、すばらしい男というわけではないのだ。自分本位で怠惰な男が、思いやりに満ちた優しい女性と結ばれるとでも？

彼は朝から晩まで自分のことを、自分のことだけを考えて暮らしていたのだ。金に群がるような人間たちばかりをやたらと惹きつけ、裕福であることをのぞけば取り柄もない。甘やかされた金持ちの若造だった。そんな男にはバニーのような女性がお似合いだ。もったいないくらいかもしれない。これが彼が築いた人生だった。

クレイグは鬱々とした気分で帰宅した。両親との夕食はなごやかな雰囲気だったが、会話に集中できなかった。まだ頭がもやもやしていた。母がデザートに彼の大好きなショートケーキを作ってアイスクリームをそえてくれたが、いつものようにぺろりと平らげない息子を見て心配顔になった。

「すべてうまくいってるの、クレイグ？」

　彼はうなずいた。「ああ、何もかも順調だよ。どうして？」

「ケーキのことでバニーとけんかでもしたんじゃない？」

　母は察しがよすぎる。未来の花嫁が彼を見殺しにしようとしたことは、両親には永遠に伏せておいたほうがいいだろう。なにせ彼自身がバニーと同類で、もっといい結婚相手は見つけられないのだから。「いや、そんなことはないよ」

「そう、それならいいけど」

「カリはうまくやっているかな」父が口いっぱいにアイスクリームを頬張って言った。

「どういう意味だ？」クレイグは尋ねた。「彼女は職場で何かの聴聞会に呼びだされていると、アシュリーが言っていた」

「冗談でしょう」クレイグはスプーンを置いた。「倫理委員会の？」

「そう、それだ！　二日後じゃなかったかな。アシュリーはかなり心配している様子だったぞ」

　クレイグはため息をついた。「信じられない。ぼくのせいだ。カリは職場の規定に触れる危険を冒してぼくを住まわせてくれたのに、ここにきてその代償を払わされるんだ。ぼくなんかのために」

「それは割に合わないな」父は眉根を寄せた。

母が声をあげた。「何を言っているの、カリがあなたを助けたのは当然のことでしょう！　死んでいたかもしれないのよ！」

クレイグはかぶりを振った。「カリの敵はそんなふうには考えないだろう。なにせ倫理委員会だ」

「だったら、あなたがわからせてやりなさい」母はきっぱりと言った。

クレイグは一蹴した。「どうやって？　ぼくの信託資金を連中の目の前でちらつかせるのかい？　カリはぼくのために危ない橋を渡り、そのせいでこんな目に遭わされている。生まれてから一度もろくに働いたことのない男のために仕事を奪われるなんて。とんだ皮肉じゃないか？」

「ずいぶん悲観的なものの見方だな」父が言った。父は深刻な話を好むタイプではない。そういう話をするときは、軽い口調を望むのだ。いまのクレイグの口調は、いつものんきな父には少し大げさすぎたのだろう。

「ねえ、クレイグ」母は息子をじっと見つめた。「現状に納得がいかないのなら、それを変えるのに遅すぎることはないのよ。どんなことだって変えられる」

クレイグは肩をすくめた。自分になんの救いがある？　自分は最低の男だ――最低中の最低。自分のためにならなければ何もしない男。結婚に漕ぎ着けることができた唯一の女性は心がないと断言できる。世界中に本物の友人はひとりもいない。いや、一度いたことはあるが、クズ人間だったときの記憶を取り戻すのと引き換えにそれも失ってしまった。

母は手を伸ばしてクレイグの腕に触れた。「本気で言っているのよ。たしかにあなたは……頭を打ってから少し変わったわ。よくなったのでも、悪くなったのでもなく――ただ変わった。一夜で成長したみたいにね」

クレイグは弱々しく微笑んだ。「でっかい赤ちゃんから気難しいティーンエイジャーに成長した?」

母は微笑した。「いいえ、若者の考え方だったのが大人の男性の考え方ができるようになったわ。わたしはそれがうれしいの! 昔の自分を恥じることはない。恥ずべきは、新たな知識を活かしもせず、無為に過ごすこと。それに昔の考え方に今後一生振りまわされない方法があるの。それは、さっさと行動に移すことよ」

ウィンクされて、クレイグは困惑のまなざしを向けたが、母は立ちあがって彼の額にキスをしただけだった。「今夜は泊まっていったら? あなたがたいそう気に入ったらしいオートミールを朝食に作ってあげる」

「わかったよ、母さん、おやすみ」

母が出ていって、父はデザートを食べ終えるまで座っていた。しばらくして口を開く。「ところでクレイグ、バニーをどうにかしてくれないか。今日うちへ来たんだが、手がつけられなかったぞ」

「バニーが？」クレイグは興味を引かれた。

「ああ。何か叫びながら玄関ドアをどんどん叩いていたな。マギーが中へ通そうとしなかった。兎（ラビット）が狂犬病（ラビッド）に罹患した初めての症例かもしれないと言ってね」

ふたりは声をあげて笑った。父は腰をあげ、息子の肩をぽんと叩いた。「ジェット機が必要なときは、好きに使うといい」

父はどうして見抜いたのだろう、バニーが怒りを爆発させたときの滑稽な様子を話題にしているにもかかわらず、クレイグの頭にあるのはマディソンへ飛んでいくことだけだと？

きかぬが花か。「ああ――ありがとう、父さん」

クレイグはショートケーキに向き直った。岐路に立たされている気がした。母の言うとおりだ――ここで自己憐憫に浸って無為に過ごすこともできるし、何か行動を起こすこともできる。なんだっていいのだ。違う人間に――もっといい人間になる努力をするだけでも。

やるべきことは山とあり、デザートに舌鼓を打っている時間はなかった。いや、少しくらいあるだろう。クレイグは二口で完食したあと、階段をあがった。いくつか電話をしなくては。

23

聴聞会の朝、カリはいつもより早く起きた。そんなつもりはなかったのだが、寝過ごすのが心配で、ひと晩中一時間おきに目を覚ましていた。五時になったところで彼女はあきらめた――あと数分の睡眠時間を確保するために寝過ごすリスクを冒すことはできない。

シャワーを浴びて朝食をとり、キッチンで立ったままコーヒーを飲んだ。家でやるべきことは何ひとつ残っていなかった。あまりに長く仕事から離れていたので、正気を保つためにタウンハウスを上から下までぴかぴかになるまで掃除したのだ。地下室へ通じるドアにも、ようやく鍵をつけ直した。動物たちのケージも全部きれいにした。壁にかけてある絵の埃（ほこり）を払った。掃除は実のところ延ばし延ばしにしていたから、溜（た）まっていた埃にちょっぴり恥じ入った。出勤停止になって唯一よかったのは、フードバンクでのボランティアに励めたことだ。彼女の手伝いは歓迎してもらえた。

出かける前に、カリはその日のために選んだ服を慎重に身につけた。アシュリーからは、デキる人間に見えるのが大切だけれど、やりすぎは禁物だと忠告された。スーツなど着たらやましい印象を与えてしまいそうだ。

雪に埋もれていた車を掘りだしたあと、病院まで運転し、聴聞会が開かれる部屋を見つけた。窮地に立たされているのはカリだけではないらしい。ドアの外には男性がひとりと、もうひとり別の女性が立っていた。三人でなごやかに言葉を交わしはしたものの、ここにいる理由には誰も触れなかった。

九時六分になったところで、三人はようやく中へ呼ばれた。一緒に腰掛け、ほかの人たちがしゃべりながらぞろぞろ入ってきて、コーヒーを注いだり、用意された焼き菓子などをつまんだりするのを眺めた。カリの目には、みんなのんびりしすぎているように見えた。彼女の人生で一番大事なものが懸かっているのに、始まるのが遅れただけでなく、おしゃべりをしてぱさぱさのペストリーをかじっているなんて。

九時九分、倫理委員長を務める病院の管理責任者、ブルース・カーメンが聴聞会の開始を告げた。遅れは十分とまではいかなかったが、大差はない。彼は前回の会合の議事録を手短に読みあげてジョークをつけ足し、本人だけが笑った。そのあと、今朝招集されている三人の被告（彼は〝ゲスト〟と呼んだ）を紹介した。

ひとり目は男性だ。彼はのろのろと椅子から腰をあげ、委員たちの正面に用意された席に座った。カリは固唾をのんで耳を澄まし、彼らの人柄を読み取ろうとした。聴聞会にはベッツィも出席していて、いい気味だと言わんばかりに視線を寄越してくるのをカリは無視した。カリに不利な証言をするためか、死刑を要求するためにでも来たのだろう。

委員会は男性に対して、どのような過失を犯したか説明するよう求めた。男性は診療記録を改竄したと認めた――まあ、改竄に当たると言えば当たるのだろうか。本来なら薬が処方されるたびに診療記録へ入力すべきところを、彼は時間節約のため、薬が〝一挙に処方された〟ことにして、あとからまとめて入力していたのだと説明した。委員会はこれに温情を示さなかった。彼らは、診療記録への入力という安全対策を飛ばすのは全員を危険にさらす行為だと男性に告げた。彼には再教育およびその後一カ月間の観察処分という判決がくだされた（法廷ではないから、実際には指示されただけだが）。

カリは驚きが顔に出そうになるのを我慢した。急いでいるときに同じことをする看護師ならいくらでも知っている。そして、看護師はたいてい忙しい。なぜこの男性だけがやり玉にあげられるのだろう？

次に、もうひとりの女性が呼ばれた。彼女の違反行為は、フェイスブックに同僚の悪口をぶちまけたことだ。委員のひとりが彼女の投稿文を抑揚のない声で読みあげたあと、無表情に女性を凝視した。女性は泣きだし、かっとなってやってしまったんです、二度としませんと謝罪した。

委員会は彼女の処分を検討し、同じく再教育の必要があると判断をくだしてから、フェイスブックのアカウントを完全に削除するよう求めた。女性はそうしますと応じた。

カリは歯を食いしばった。SNS上でぶちまけた悪口をここまでおおごとと見なすのなら（同僚の名前すら出していないのに！）、カリがこれから話すことに彼らはいい顔をしないだろう。

女性が明らかにそれ以上泣くのをこらえながら退室したあと、カリは被告席に着き、長テーブルに座る十人と向きあった。背筋を伸ばして胸を張り、泣いてたまるものかと自分に言い聞かせる。自分のしたことは間違っていない――たとえクレイグに対して愚かな恋心を抱くようになったとしても、最初に彼を同居させた時点ではそれが理由ではなかった。

「お次は大問題だな」ブルースの言葉に全員がげらげらと笑う。

カリは唇を引き結んだ。もう少し委員長らしくふるまえないものだろうか？

「さて、カリスタ・ミッチェル。どうしてここにいるのか話してもらえるかね？」

彼女は咳払いした。「みなさん、こんにちは。わたしの名前はカリ……」重複してしまった。自宅で練習したときは、先に名前を言われる予定ではなかった。雑念を振り払い、カリは続けた。「わたしがここにいるのは、患者と不適切な行為があったと告発されたためです」

ブルースが書類を持ちあげた。「きみはその患者と街にいるところを目撃された。それで合っているかな？」

「はい、ですが――」

「その患者がＩＣＵにいたとき、きみが担当していた？」

彼女は身じろぎした。「はい」

「さらに」ブルースは眼鏡を鼻の上に押し戻して言った。「その患者が早朝にきみの自宅にいた疑いがあるそうだが？」

カリは委員会のメンバーの顔に目を走らせた。全員が顔をしかめている。「たしかにそうです、でも――」

ブルースはふうっと息を吐いた。「〝たしかにそう〟というのは、疑いがあることを指摘しているのか、それとも事実だと認めているのかね？」

「たしかに事実だと認めます、サー」膝の上で両手を握りしめた。「彼はわたしの家の貸間に泊まっていました」

背後にいる人たちが息をのむ音が聞こえた。この傍聴者たちは何者？　ただ見物に来ているだけ？

「やむをえない事情があったんです」カリは急いで言った。「フードバンクでばったり会い、男性用シェルターが満員でどこにも行き場がないと彼から聞きました。それに、その夜の気温は氷点下でした」

「ミス・ミッチェル、必要なら警察署がシェルターを提供するのはご存じだろう？」

「いいえ」カリはゆっくり返事をした。「それは知りませんでした」

ブルースはうなずき、何かを書き留めた。委員の何人かは顔を寄せてささやきあっている。カリは自分が『ハリー・ポッター』のワンシーンに迷いこんでしまったみたいに感じた。いじわるで太っちょのいとこを救うためにハリーが魔法を使い、ホグワーツ魔法学校を退学させられそうになるシーンだ。ただし、クレイグはいじわるでも太っちょでもない。彼女はその考えを追い払って集中しようとした。

テーブルの端にいる女性が声をあげた。

「あなたとその患者はどのような関係でしたか？」

「わたしは彼に住まいと食事を提供しました。その後、彼が仕事を見つけるのに力添えしました」

女性は微笑み、ありがとうと言った。カリは微笑み返した。少なくとも、自分の行為の正当性を少しは主張できた。

反対端の男性が大きな声をあげた。「その患者は若くて健康的で、好男子だったと報告されている。あなたの〝親切心〟はこの事実とはまったく無関係だと言うつもりですか？」

「はい」カリは口ごもりながら言った。「無関係です」

「それはたしかですか？　あなたはどんな患者にでも同じことをしたと？」

「そう思います」静かに答えた。どうだろう、どんな患者にでも、とはたぶん言えない。攻撃的な人や、性格の悪い人もいる。その場合はトラブルになっただろうし、実際クレイグのことも警戒していたけれど、彼は人畜無害だった。

反対端の男性が鼻で笑った。「だから自分は彼を恋愛の対象としては見ていなかったと、われわれにそう信じろということですか？　ここにある報告書から引用すると、その患者はどうやら〝看護師全員がとてもホットだと思った〟そうですが？」

報告書にクレイグはホットだと書かれているの？　あらまあ、彼が聞いたら大喜びしそうだ。カリは口を開いたものの急に口の中がからからになり、声を出すのに苦労した。こんな展開になるとは想定していなかった。「いいえ」ようやく声が出た。「いえ、わたしが言いたいのはイエスです――それが事実です」

男性の委員は首を横に振り、何かを書きつけた。座っているカリは体が冷たくなるのを感じた。自分がちっぽけで無価値に思える。委員たちからさらにささやき声があがった。カリは床を見つめた。もう終わりだと確信した。看護師免許の剝奪を勧告されるのだろう。

視界の隅でふいに何かが動いた。部屋の入り口のドアが開け放たれ、壁にぶつかって大きな音をたてる。まるで怪力の持ち主がドアを開けたかのようだ。一同が闖入者を振り返った。

「やってしまった、申し訳ない！　ドアがこんなに薄っぺらい金属だとは思いもしなかったので」

カリは幻覚を見ているのかと思った。そこには、生身のクレイグがいた。よりによってどうしてクレイグが入ってこられたの？　カリの家族でさえ入室を許されなかったのに、この病院に勤務しているアシュリーさえだめだったのに。

ブルースはクレイグから顔をそむけ、額をさすった。「これほど深刻な告発は前代未聞だ、ミス・ミッチェル」

「すみません、遅刻してしまって」あの美しいイギリス英語が響く。「どうも冒頭部分を聞きのがしたようだ。彼女の人柄や評判について証言する、性格証人のパートはすでに終わったかな?」

ブルースはいらだたしげにクレイグへ顔を向けた。「この聴聞会に性格証人はいない。サー、どうか着席を」

「ふむ、ではこちらから自己紹介するとしよう、あなたはマナーを忘れているようだから」クレイグはカリの視線をとらえてから、正面のテーブルへ進んだ。「ここにはぼくを覚えている方もいらっしゃるでしょう、報告書に書かれた〝全看護師が恋に落ちたホットな患者〟とはこのぼくです」

カリは笑みをこらえた。彼はちゃんと聞いていたのだ。いったいいつからあそこに立っていたのだろう?

「そう呼ばれるのは実に光栄だが、ここにいる看護師、カリスタ・ミッチェルは明らかにぼくに対してその手の感情は抱いていなかった」

ブルースの顔が怒りにゆがむ。「サー、これが最後だ。どうか――」

「ぼくの名前は」クレイグはわざと大きな声でゆっくりしゃべってブルースの声をかき消した。「クレイグ・ワトソン。イギリス一魅力的な独身男性として、みなさんも聞いたことがあるかもしれない。あるいは、ロンドンを拠点とするわがワトソン家のファミリー・ビジネスのほうをご存じだろうか。それとも、この病院の高額寄付者第一位に……」腕時計を見る。「およそ四十分前になったことを知っている人も、ひょっとしているのではないかな」

困惑したざわめきが室内に広がった。

クレイグは続けた。「もう知らせが届いているはずだ。ぼくが一千万ドルを寄付したことをEメールで全員に通達するよう念を押しておいたから。ぼくの笑顔の大きな写真つきでね。ブルース、メールを確認して教えてくれ」ブルースまで届けられる。彼はそテーブルの上で携帯電話が委員たちの手を渡り、ブルースまで届けられる。彼はそれを見おろすなり、はじかれたように立ちあがった。

「大変失礼いたしました、ミスター・ワトソン、ご紹介もせずに」

「気にしないでくれ、紹介は自分でやったから。ここから先はぼくにも手伝わせてもらいたい」

ブルースが腰をおろすと、クレイグは続けた。「数週間前、マディソンを訪れていたぼくは氷で足を滑らせて頭を打ち、意識を失った。救急車でこの病院に運びこまれたのち、看護師カリの献身的な看護を受け、ぼくは目を覚ました。ここまでは報告書と一致していますか？」

「はい、サー、一致しています」ブルースは舌をもつれさせるようにしてあわてて返事をした。

「ぼくは医師により記憶喪失と診断された。自分が何者なのか、まるで記憶がなかったんだ。身分証明書も現金も持たず、靴までなかった。翌日、フードバンクにいたところをカリが見つけ、同情してくれた。ブルース、あなたのもとで働かされる人たちにぼくが同情するようにね。ここまではわかってもらえたかな？」

ブルースがうなずく。

「けっこう。ぼくはたしかに、男性用シェルターはいっぱいだったとカリに言った――けしからぬことだが、これは嘘だ。すでに足を運んでいたものの、そこが気に入らなかったぼくは、車でシェルターまで送ると彼女に言われたくなかったんだ。カリ、これについてはすまなかった」

全員が期待に満ちたまなざしでカリを見つめる。「気にしていないわ」彼女は急いで言った。クレイグの話に聞き入ってしまい、気にするどころではない。クレイグは、カリが自宅の貸間を提供するなど知るよしもなかったのに。いかにも彼らしい、その場しのぎの嘘だ。

「ありがとう、カリ」彼は微笑んで、委員会へ向き直った。「すると、まったく予期していなかったが、カリが自宅の賃貸し用に調えた部屋をぼくに提供しようと申し出てくれた。その際、彼女は極めて明確にルールを定めた。もしも彼女を気味悪がらせたら、たとえくしゃみひとつをしただけでも、ぼくは叩きだされるとね。彼女は安全な住まい、食事、そして仕事を与えてくれた。これは彼女が言ったとおりだ。彼女のふるまいは不適切なものへ傾いたことすらない。しかしながら、ブルース、あなたはたしかにとある問題に直面している」

「わたしが?」ブルースが言った。リンゴみたいに真っ赤な顔になっている。

「そうだ。カリの上司、名前はベッツィといったかな、彼女はカリが親切にもリサイクルショップでぼくの服をそろえてくれたときに、ぼくたちの写真を撮った。そしてその写真を使い、シフトと残業を増やすようその後数週間にわたってカリを脅した」

ふたたび委員たちがざわつく。

「それに、ここに証拠はないが、カリを倫理委員会に告発したのはベッツィであることに一千万ドル賭けてもいい。いいかな、ブルース、自分の命の恩人が、脅迫をするような相手から非難の的にされたんだ。ぼくはいても立ってもいられず、ここへ飛んできて自分の目で確かめざるを得なかった」

ブルースは出すぎたことを言うのを恐れるかのように、つかの間クレイグを凝視した。ようやく口を開く。「ミスター・ワトソン、まずはあなたをこの場にお迎えできたことを誠に光栄に思っていることをお伝えします」

クレイグはうなずき、カリのほうへ歩いてきた。彼女のかたわらに立ち、足を止める。「それはどうも、ブルース。委員会と相談する充分な証拠はもうそろったと思うが、どうです？」

「はい、もちろんです」

今度は委員が全員立ちあがり、ブルースのまわりに集まった。カリの背後にいる見物人たちは興奮気味にささやき交わしている。目の前で起きていることが信じられなかった。ひょっとすると自分は途中で失神していて、これはすべて夢なのだろうか。

「大丈夫かい？」クレイグが静かに尋ねる。

カリはうなずいた。「ええ。どういうわけか、あなたの登場で状況が好転しだしたみたい」

「おかしなものだね」彼は笑みを浮かべて言った。

委員たちが席へ戻り、ブルースは咳払いした。

「ミスター・ワトソン、当院へ足を運んでいただきまして、再度感謝を申しあげます。こちらで申し分のない看護を受けられたと聞き、委員一同、心から喜んでおります」

「ああ」クレイグはブルースに目を据えている。

「看護師カリスタ・ミッチェルに関する今回の誤解はすべて晴れたことをご報告できるのを、うれしく思います。彼女の行動は立派なもので、あなたの安全を守るため、求められる以上の責任を果たしたと、当委員会は合意にいたりました」

カリは胸の重しが消えるのを感じた。やったわと叫びたいけれど、調子に乗ってはいけない。

「その言葉を聞いて安心しました」クレイグが言った。「委員会のみなさん、公正な判断をありがとう。そうそう――次回の聴聞会でベッツィのことを取りあげるのをお忘れなく」

室内にわっと声があがった。カリが振り返ると、ベッツィは憤然と自分の荷物をつかみ、部屋から飛びだしていった。いまやまわりは騒然としており、クレイグと話をしても立ち聞きされる心配はなさそうだ。

「何もかも信じられない」

「帰る準備はできているかい？　マクドナルドに寄るのはどうだろう？」クレイグが尋ねた。

カリは満面の笑みを返した。「いいわね。わたしのおごりよ」

24

ドアまで進んだところでクレイグは足を止めた。ブルースとの話はまだ終わりとは言えない。

「先に行っていてくれ、すぐにあとを追う」

カリはうなずいた。「母に電話しているわ」

「それがいい」

委員会のメンバーのひとりがカリを脇へ連れていった。その顔つきからすると、カリを絶賛しているようだ。クレイグはひとり微笑んだ——カリが聴聞会に呼びだされたこと自体が間違いなのだが、短い時間ではこれが精一杯だった。少なくとも、結果には満足している。

ブルースは書類をまとめながら、ほかの委員と雑談をしていた。クレイグに気づくなり、またもや顔が赤くなる。クレイグは声に軽蔑の念をにじませないよう自分に言い聞かせた。自分より上だと見なした者にはこびへつらい、下だと思う者にはつばを吐きかける、ブルースのような男が相手では難しいが。

聴聞会が始まったばかりのころ、この男の小さな丸顔は嬉々としていた。最初は、クレイグが介入するまでもなく、委員会は自分たちで正しい結論にたどり着くのではないかと期待した。しかし答弁が始まるなり、ブルースはとっくに考えを固めていたことが明白になった。クレイグはドアを開けようと悪戦苦闘したのち、〝引く〟のではなく〝押す〟のだと気がついた。おかげで少なくとも劇的な登場にはなった。

「ミスター・ワトソン、お忙しい中を当院へお越しくださり、重ね重ねありがとうございました」

「申し訳ないが、ブルース、ぼくは二度とも来院したくて来たわけじゃない。病院なんて行きたいところじゃないだろう？」

ブルースは大笑いした。「まさにそのとおり、いやはや、ご慧眼ですな」

クレイグは思わず顔をしかめた。「さて、ブルース、現在のカリの出勤停止処分は解いてもらえるんだろうね」

「もちろんですとも、サー、わたしの権限で最善の――」

「聴聞会の開催まで彼女はずいぶん長く待たされたようだが、そのあいだは無給だったのかな?」

「はっきりとはわかりませんが、サー」ブルースはしどろもどろになった。「無給か、自身の休暇を利用して――」

相手をするほどの忍耐力はなかった。「カリはむしろヒーローだとわかったのだから、出勤停止期間中の賃金は全額支払われると理解していいだろうね?」

「おっしゃるとおりです、サー。わたしがみずから処理に当たりましょう」

「すばらしい、ブルース。ところで、きみのラストネームを聞きのがしたんだが?」

「カーメンです。実は、わたしも少しばかりイギリス人の血を引いておりまして」

この男の家系図に興味はない。パワーゲームならクレイグも心得ており、万が一何かあればこちらから探しに来ることをブルースにわからせておきたかった。「ブルース・カーメン。その名は忘れない。ありがとうブルース、いい一日を」

カリを探してクレイグは廊下へ出た。彼女はちょうど電話を終えるところだった。

「わかったわ、お母さん。彼に伝えておく。うん……そうね、いいわよ。そうする」

カリは彼に向かって〝ごめんなさい〟と口だけ動かした。

クレイグはかぶりを振ってささやいた。「問題ないよ」

彼女のそばにたたずみ、うっとりとするような香水の香りを吸いこむ口実ができたのだから、うれしいくらいだ。カリはいつにも増して輝いて見えるが、答弁でちょっと疲れたようだ。委員たちを前にした彼女は小さく、無防備に見えた。なんたる茶番だったことか。テーブルをひっくり返してブルースを窓から放り投げてやりたかった。幸い、実行にはいたらなかったが。もしやっていたら、不可解な見出しが記事を飾ったことだろう。〝ビリオネア・バッド・ボーイがアメリカの病院で大暴れ、管理責任者を茂みに投げこむ〟

カリが携帯電話をバッグにしまった。「母から〝よろしく〟ですって、千回分のありがとうを伝えるよう言われたわ」

「ぼくにできる、せめてものことをしただけさ」クレイグは言った。「もっと早く来られなくて悪かった。何も知らなくて。聴聞会のことを聞いたのは――」

「あなたを煩わせたくなかったの」

彼はため息をついた。「力になれてよかった。それに、アシュリーがぼくの父に聴聞会のことを話していてくれてよかった」

ふたりはつかの間、決まり悪そうに立っていた。クレイグは聴聞会で何を言うかばかり考えていて、その後のカリとの会話について考えをめぐらせる時間がなかったのだ。彼女に伝えたいことはいくらでもあるのに、どこから始めればいいのかわからない。

「朝食に行くんじゃなかった?」カリが尋ねた。

「そうだね」

駐車場まで歩き、クレイグの車もそこにあるのかとカリが問いかけた。

「いや、実は空港から直接タクシーで来たんだ。乗せてもらっていいかい?」

彼女は笑った。「もちろん、昔のよしみでね」

昔のよしみ――一緒に暮らした数週間はカリにとってはすでに過去なのだろうか?たしかに遠い昔のことのようにも思えるが、鮮明に思いだせる。初めて彼女の顔を目にしたあのときが、本当の意味でのクレイグの人生の始まりだった。

古いシビックの助手席に乗りこむと、ロンドンのガレージに並ぶどの車よりもわが家のように感じられた。窮屈で猫の抜け毛がふわふわ漂っているけれど、落ち着ける。彼女とこの車内に戻ってきたことで、魂が少し軽くなった気がした。

カリは慎重に駐車場から車を出すと、どこへ行きたいかと彼に尋ねた。

「本当にマクドナルドに行きたいの？」

クレイグは肩をすくめた。「ああ。もうこそこそする必要はないんだ、きみのおすすめの場所でいい」

「あなたがしてくれたことにはどんなに感謝しても足りないわ。あなたはわたしの命の恩人よ」

「いいや、命の恩人はきみのほうだ。文字どおりの意味でね。ぼくは委員会に名を連ねるジャッカルどもから、きみの評判を守っただけだ」

カリは微笑んだ。「同じことよ」

「そうなのか？」クレイグが顔を向けても、彼女は道路へ視線を据えたままだ。

「夜勤明けにときどきみんなで行くダイナーがあるの。そこへ行ってみる？　わたしのおごりよ」

彼は笑みをおさえた。彼女なら当然そう言い張るだろう。「よさそうだ」

ダイナーまではほんの数分で、到着するとカリは温かく迎えられ、居心地のいいボックス席へ案内された。どこへ行っても友人がいるのは、いかにも彼女らしい。いまからカリに伝えることを思い、クレイグはふいに緊張した。彼女が恋愛対象としてクレイグに関心を示したことは一度もない。むしろ、恋愛の対象外と見なされていた気がする。彼女がクレイグをそういう対象として見てくれるかはいささか怪しいが、当たって砕けるしかない。

ふたりでメニューを眺めたが、クレイグは彼の分のオーダーもカリにまかせることにした。彼女ならどれが一番おいしいか知っているだろう。少し言い合いになったもののの、やがてカリは応じた。ウエイトレスが注文を取ってメニューを片づけたあとは、お互いの顔以外に見るものがなくなった。

「ご両親はどうされているの？」カリが尋ねた。

「元気にしているよ、ありがとう。きみのご両親のほうは？」

「わたしが解雇を免れて大喜びよ。本当に、あらためてお礼を言わせて」

クレイグは彼女を見つめたまま微笑んだ。「たいしたことじゃない。本当に」

カリはガムシロップにそっと手を伸ばし、アイスティーに入れた。「そういえばバニーは？　まだ結婚式の準備の仕上げ中？」

「どうだろうな」クレイグは背もたれに寄りかかった。「彼女とはもう何日も話をしていない」

「まあ、そうなの」

クレイグはカリを観察した。彼女はわざとゆっくりアイスティーをかき混ぜているように見える。気にしていないふりか？　それとも本当に彼の恋愛になんの興味もないのか？

「実は」クレイグは身を乗りだした。「いま現在、ぼくは彼女の怒りを買っている」

カリは手を止めた。「まさか、ここへ来たせいで？」

「いいや、結婚式を取りやめにしたせいだ」

カリが目を丸くしてクレイグを見つめる。「結婚式を取りやめにした？」

もっと違う形で彼女への想いを伝えたかったのだが。卵とまずいコーヒーの朝食をとりながら、〝きみはぼくが出会った中でもっともすばらしい女性だ〟と告白することになるとは、カリに申し訳ない。

「ああ」クレイグは言った。「ぼくが頭をぶつけた夜に何があったのか、ようやく思いだしたんだ。簡単に言うと――そうだな、バニーはぼくをあの場に置き去りにした。〝先に行ってろ〟とぼくに言われたというのは、彼女の作り話だったんだ」

カリは手で口を覆っている。「そんな」

彼はうなずいた。「そうなんだ」

「バニーがそんなことをするはずないわ。クレイグ、きっとあなたの思い違いよ」

彼はコーヒーをごくりと飲んだ。「残念ながら、思い違いじゃない。ぼくたちは別々の道を進むのが一番なんだ」

ふたりはしばらく黙りこみ、クレイグは何か言わなくてはならないと感じた。「昔のクレイグ・ワトソンがどんなやつだったのか、ぼくにはわからないが、新しいクレイグ・ワトソンはバニーとはあまりそりが合わないようだ。彼女は……ぼくよりも結婚式そのもののほうに関心があるように見えた」

カリは息を吸いこんだ。「結婚式の準備に夢中になる女性は大勢いるわ」

「そうだね。でも恋人が薄暗い歩道に倒れているのをほったらかしにする女性はなかなかいない」

カリは身じろぎした。「とても信じられない。彼女と話をしたの？」

なぜカリはこうも躍起になって彼に考え直させようとしているのだろう？　言い寄られては困るから、バニーとよりを戻させたいのか？　クレイグは深追いしないことにした。とりあえず、いまはやめておこう。カリの気持ちがわからないまま、こちらの気持ちを伝えたら、追い払われて二度と会えないかもしれない。もしもそうなる運命なら、彼女と過ごす最後の時間を楽しみたい。

25

「バニーとは話したよ」クレイグが身を乗りだした。「ぼくが元気になるまで看護するとか、そういうのを期待していたのかと言われた」

カリは興奮が顔に出ないよう懸命にこらえた。バニーはやっぱり冷たくて高慢な女性だったのだ、そうではないかとカリが思っていたとおりの。バニーが薄情な人なら、この胸にあるクレイグに対する想いへの後ろめたさは激減する——仮に、バニーが心優しく思いやりのある女性だったら、カリは自分を許せなかっただろう。悪いことだとはわかっていても、彼女の心は舞いあがった。

「元気になるまで看護することの何が悪いの？」カリはにこりとした。そう、ひと言だけ。それなら害はない。どう考えたって、完璧なヘアスタイルのご令嬢から、猫の抜け毛まみれの車に乗っている野暮ったい看護師に、クレイグがデートの相手を変えるはずはないのだ。億万長者を乗せるとわかっていたら、掃除機くらいかけておいたのに――先週は、動物シェルターからたびたび車で猫のお迎えを依頼され、車内は猫たちのバスのようだった。

「何も悪くないよ、ぼくとしてはね。それで、ぼくのほうから彼女と別れた」

「ご両親は動揺されたんじゃない？」

クレイグは顎をさすった。「母はバニーのことを〝狂犬病（ラビッド）にかかった兎（ラビット）〟って呼んでいた。だから、いやむしろ、ふたりともかなりほっとしたと思う」

「まあ。それじゃあ、ご両親が決めた結婚とか、そういうわけではなかったのね？」

クレイグは大笑いした。「いまは十八世紀じゃないんだよ、カリ！」

頬が熱くなった。あのご両親ならもちろん、そんなことはしない。「ごめんなさい！」

クレイグがカリの手を握る。「いや、ごめん、きみを笑ったつもりはなかった。単に――違うんだよ、あの悲惨な婚約はすべてぼくが自分で決めたことだったんだ」

カリは息をするのを忘れないようにしなくてはならなかった。彼女の手を包むクレイグの手は、温かくて心地いい。これから何カ月でも、ほかの誰かにこんなふうに優しく触れられることがなくても平気だ。おかしな生き方ね、とカリはわびしく考えた。

「そう、うれしいわ、あなたたちみたいな大金持ちでも、決断がへたなのはわたしたちと変わらないんだとわかって」

クレイグが微笑んだ。「もっとへたとまでは言わないにしてもね」

「それで……今日のうちに帰国するの？」

彼は肩をすくめた。「飛行機の乗務員たちにはひと晩休みを与えた。だから、明日の朝まではこっちにいるよ」

「そう」胸の中で心臓が激しく高鳴りだす。〝今日一日彼と一緒にいられるよう、何かやることをひねり出して！〟と心臓が叫んでいるみたいだ。

黙りなさいと、頭の中で心臓に命じる。

「きみの家に寄ってチップに会えるかい？　ぼくが飛んで戻ってきた本当の理由はチップなんだ」

カリは胸の上で腕を組んだ。「やっぱりね。わたしの子猫をさらいに来たんでしょう」

彼はむっとしたふりをして目を細めた。「さらったりしない。訪問するだけだよ。それでぼくときみのどっちが好きか、選択する権利をチップにあげるんだ」

「それなら簡単よ。餌をあげているのはわたしだもの」

クレイグは眉根を寄せた。「途中で店に寄ってツナ缶を買ってもいいかな？」

カリは笑った。「悪いけど、寄り道はなしよ」

会計をしてもらい、カリはきちんと自分で支払った。億万長者だからといって、クレイグに仕切らせるつもりはない。カリは金に困っているわけではないのだ――朝食代くらい払える。クレイグはジャガイモの山に目をみはり、カリの作るランチに量で勝る場所をやっと見つけたと言った。

カリはテラスハウスへと車を走らせ、玄関ドアを開けて目を疑った。階段の一番上にチップがちょこんと座っていたのだ。まるでふたりを待っていたみたいに。

「チップ、ぼくだよ！」クレイグが声をかける。

チップは座ったまま、こちらを見つめている。

「別にかまわないよ、チップ、きみの気持ちはわかっているからね」クレイグは笑って言った。

「あなたのにおいが変わったのかしら」カリは言った。「もしくは、自分が好きなのはわたしのほうだとあなたに知らしめているだけかも」

「傷つくな。チップを救ったのはこのぼくだぞ。いわばぼくはチップの看護人だ」

カリはコートを脱いだ。「あなたはそこまで自分の身を落とせるのね？」いけない。バニーのことを皮肉ってしまった。婚約が破談になったことを喜ぶのは品がない。けれど何も言わないでいるのはなんて難しいのだろう。

「バニーのどこがよかったのかわからない」クレイグはかぶりを振って言った。「まあいいさ。キッチンへ行こうか？　きみに渡したいものがふたつあるんだ」

「えっ、だめだめ」カリは言い返した。「ノミを二匹でしょう？　つがいのノミ？」

クレイグはにんまりした。「いいや、あいつらならきみの車に置いてきた」

ふたりはキッチンへ向かい、カリは紅茶をいれるために湯を沸かした。「なんだか怖いわ、いったい何かしら」

クレイグはスーツの内ポケットから封筒を取りだした。スーツで決めた彼は颯爽としている――ブルースは縮みあがったことだろう。いい気味だ。

「まずは、きみから借りていた家賃と食費、それと服代だ。利率は二百パーセントで同意したんだったね？」

「もう、やめてちょうだい」カリは腕を組んだ。「わざわざ返してもらう必要はないわ、たいした額じゃないんだから。それに地下室はまだ賃貸に出していないのよ、宣伝用の写真を撮るのがおっくうで。だから本物の貸間でさえないわ」

「どうしても払いたいんだ。計算もしてある」彼は数字の並ぶ紙を取りだした。「これならきみに満足してもらえると思う」

カリは目玉をぐるりとまわしながらも受け取った。彼は部屋代として一日百五十ドル、食事には一日二十ドルを計上している。

「卵とターキーサンドイッチじゃ、一日二十ドルになんかならないでしょう」カリは言った。

彼が肩をすくめる。「端数は四捨五入だ」

カリは残りの数字に目を走らせた。「これは何？　一般看護費？」

「ああ、それはぼくの病状に関するきみの専門的意見に対する費用だよ」

カリは笑い声をあげた。本当に冗談ばっかり。一番下の合計金額に目が留まった。

「二万二千ドル？　正気なの？　こんなお金、受け取れないわ！」

「あいにくだな。きみの名前を記した銀行小切手がここにあるのに」クレイグは小切手をテーブルに滑らせた。

「クレイグ！　ばかげているわ！」カリは小切手を持ちあげてかぶりを振り、びりびりに破った。紙片を彼へ押し戻す。「あなたの計算書をもらって額縁に入れておく。支払いはそれで充分よ」

クレイグは眉根を寄せた。「きみなら破りかねないと思ったから、小切手はもう一枚ここに用意して……」

カリは顔を両手で覆った。「嘘でしょ！」

「嘘だよ」クレイグは笑いだした。「だけど、別のものをもうひとつ持ってきてあるのは本当だ。お金を受け取ってもらえないのはわかっていたからね」

彼女は胸の上で腕を組んだ。「見せてちょうだい」

クレイグは新たな封筒をテーブルに滑らせた。表に金色の文字で、〝公認看護師カリスタ・ミッチェル様〟と記されている。

怪訝そうに彼をちらりと見てから、慎重に封筒を開けた。きれいな封筒だから、乱暴に破りたくない。

中の手紙にはこう書かれていた。

〝このパスはカリスタ・ミッチェル様、およびお好きなご同伴者様を対象とする、フランス、パリへのプライベートジェット機往復旅行券です。このパスで宿泊日数の制限なしにワトソン・ホテル・グループのすべてのホテル（ペントハウスのスイートルーム限定）をご利用いただけます。ルームサービスも無制限で、毎日専属の運転手をご用意いたします。本パスにはワトソン家の名誉ゲスト様を対象としたルーブル美術館プライベートツアーも含まれます〟

カリは手で口元を覆ってクレイグを見あげた。喉に塊がつかえているのを感じた。

どうしてこれにノーと言える？

クレイグが沈黙を破った。「頼むから、これは破らないでほしいな」

カリは唇を嚙んだ。「クレイグ、なんと言えばいいかわからないわ、こんな……」

彼が一歩近づいてくる。「それは気に入ってくれたってことかい？」

「当たり前でしょう！　夢が叶（かな）うんですもの！」

クレイグは微笑んだ。「よかった！　わかっていたよ、あきらめなければいつかきみの気に入るものが見つかるって」

カリはもう一度文面に目を走らせた――本当に信じられない。

「誰を連れていくかは決まっている？」彼が問いかけた。

カリは深々と息を吸いこんだ。「どうしようかしら！　アシュリーを連れていかなかったら殺されるわね。それにうちの母は――隣接する州よりも遠いところには行ったことがないのよ。妹たちは何がなんでも行きたがるわ」

クレイグは笑った。「楽しい海外女子旅のできあがりってところかな」

「そのとおりよ！」

彼がさらに一歩近づく。「ロンドンからパリまでは鉄道が通っているんだ。ぼくも現地で合流し、きみたちの観光を手伝える」

カリはふんと鼻を鳴らした。「またクレイグ・ワトソンのシティツアー？」

彼がうなずく。「ぼくは誰でも案内するわけじゃない」

胃の中で蝶（ちょう）の群れが大暴れしていた。頭が阻止する前に、心が口に返事をさせた。「うれしいわ」

クレイグはさらに身を寄せた。「ずっときみに話したいことがあった——チップのことだ」

カリは面くらって彼を見あげた。「チップ？」

「なんだか、今日ぼくを迎えてくれたチップの態度は、ぼくたちふたりに怒っているみたいだった」

「ツナ缶を買ってこなかったから？」

クレイグが笑った。彼は緊張しているように見える。「いや、そのことじゃないな。ぼくたちはチップの——なんていうか、家族だろう。それなのに離ればなれだ。チップはぼくたちに一緒にいてほしいんじゃないかな」

彼が何を言いたいのかが唐突に理解できた。ただし、実際に理解できているはずはないのだ、筋がまったく通らないのだから。少なくとも、カリの頭の中では。何が起きているのかを理解しようと、頭があわてて回転しているあいだに、彼女の心は喜びに飛びあがった。「本当にそう思う？」

彼はもう一歩近づき、ふたりは触れあわんばかりになった。「ああ、そう思う」

彼女の頭がようやく追いついた。カリは後ろへさがった。「無理よ——わたしにはできない、クレイグ」

「どうして無理なんだい？」彼がそっと言った。

それが質問と言える？ そんな質問に答えはないのにどうしてきくの？ 短い間を置いて、彼女は口を開いた。「だって——わたしはいまもルークを愛しているもの。ルークを忘れることはないわ。ずっと彼を愛し続ける。誰だって、そんなのはいやでしょう、そんなの不誠実だわ……」声が尻すぼみになった。ほかに言うべきことがあるだろうか？

クレイグは視線をそらさず言った。「ルークを愛することをやめてほしいとは言っていない。きみのその広い心に制限を課したいなんて、どうしてぼくが願う？」

目に涙がこみあげるのがわかった。「だって、もしも……」

クレイグはすばやい動きで彼女の両手を取った。「カリ、泣かないで。お願いだから泣かないでくれ。きみを困らせるつもりじゃなかった。きみが彼のことを愛し続けるのはわかっている。でもね、カリ、ぼくはきみに真実を伝えずに帰ることはできない」彼女の手を握りしめる。「きみはぼくを救ってくれた。寒さからだけでなく、ぼく自身から。きみがいなければ、ぼくは近々モンスターと結婚していただろう。そしてぼく自身も、相当身勝手なモンスターだった。だけど、きみがぼくを変えてくれた。きみのおかげですべて変わった。きみがいると何もかもずっとよくなるんだ。きみの笑い声を聞くことができるなら、ぼくは生涯この家の地下室暮らしでいい」

カリの顔に笑みが広がった。「たいした地下室ですらないのに！」

クレイグの視線がつかの間、彼女のまなざしを探った。「それに……きみのルークへの想いは理解している、たぶん大半の人よりも。なぜなら、息を引き取るその日まで、ぼくもきみを愛し続けると思うから」

もう我慢はできなかった。カリは彼の首に抱きつき、その胸に顔を埋めてすすり泣いた。クレイグは彼女の体に両腕をまわし、髪を優しく撫でてくれた。カリはほんの一瞬目を閉じ、彼に本当の気持ちを伝える勇気がもしもあったらと夢想した。この瞬間が永遠に続いてほしかった。

小さな声が頭の中でささやいた。永遠にあなたのものにだってできるのよ。

カリは彼から体を引き離し、深く息を吸いこんだ。「わたしもあなたを愛しているわ、クレイグ」

彼が顔をほころばせた。「それならそうと、なぜ言わなかったんだい？」

笑いだす彼女に、クレイグが腰をかがめてキスをする。優しいのにどこか激しくて、情熱的なキスだ。こんなふうにキスをされることはもう二度とないと思っていた。幸せで心臓が破裂しそうだ。

背後でミャアと鳴き声がした。チップがキッチンテーブルの上に座っている。

「チップ！　そこに座っちゃだめでしょう！」カリはしっしっと追い払った。

クレイグが笑う。「言っただろう、チップはぼくたちに一緒にいてほしかったんだ」

カリは信じられない気持ちでかぶりを振った。「どうやらあなたが正しかったみたいね」

クレイグは腕時計に目をやった。「いまの言葉、正式な文書として記録して額縁に入れるよ」

「いいわよ」カリは彼を引き寄せ、もう一度キスをした。

エピローグ

　クリスマスイブ、クレイグからカリへ宛てられたサプライズはドアベルの音とともにやってきた。彼自身が来てくれたのかと心ひそかに期待し、カリは玄関へ急いだ。そこにいたのは見知らぬ男性で、カリはがっかりしたのが顔に出ないよう気をつけた。「こんにちは、なんのご用でしょうか？」

　空しい期待なのはわかっていたのに。クレイグが父親の会社で積極的に役割を果たすようになってからは、祝日や週末でも働かなければいけないときがあるのだ。カリは平気だった――クレイグはビジネスについて学ぶのを心底楽しんでいるし、カリが週末や夜間の勤務につくのに文句を言ったことは一度もない。彼はワトソン・エステート・カンパニーの新たなアメリカ支店の支店長となり、いまは新しい十軒のホテルの建設をまかされていた。だからクリスマスイブに会えないのは大目に見てあげると、クレイグには伝えてあった。けれど彼は、クリスマスは一緒に過ごそうと約束してくれたのだ。

「こんばんは、ミス・ミッチェルですか?」

「ええ、そうよ」

男性がポケットから封筒を取りだした。「ミスター・ワトソンからです」

「ありがとう。よかったら、中に入りませんか?」祝日だから彼女の両親の家には家族全員集まっているが、リムジン運転手ひとり分のスペースくらいなら空けられる。

「いいえ、ありがとうございます。わたしはご用意ができるまで、リムジンで待機しております」

カリは戸惑いつつ相手を見返した。「そう、わかったわ」

運転手はリムジンへ戻り、カリは玄関ドアを閉めた。どういうことだろう? 急いで封筒を開けた。

〝最愛のカリへ
いいニュースと悪いニュースがある。いいニュースは、クリスマスは一緒に過ごせること。悪いニュースは、ぼくの母がきみへのサプライズに旅行を思いついたことだ。幸い、この旅行はきみも気に入ると思うよ。

永遠にきみを愛する
クレイグより〟

カリにはさっぱり意味がわからなかった。手紙から顔をあげると、彼女の家族全員がコートとブーツ姿で、肩にバッグをさげているのが目に飛びこんできた。

「どうしたの？」カリは混乱して問いかけた。

「よしよし」父が応じた。「やっと招待状が来たな。みんな、それが来るのを一日中待っていたんだ！」

「それって、なんのことなの！」

母が進みでて、カリの肩をぽんと叩いた。「あのね、スウィーティー、ひと月ほど前、クリスマスはどうぞみなさんでワトソン家へいらしてくださいって、ミセス・ワトソンから招待を受けたの。でも、あなたにはサプライズにしたかったんですって」

「わたしの家族がロンドン行きに承知したなんて信じられない！」

マーシーが割りこんできた。「当たり前でしょ。パリに行ったあと、ママはまた旅行に行きたくてうずうずしてたんだから！」

カリは笑みをこぼした。パリではみんなで最高の時間を過ごしたとはいえ、母は最初、頑として行きたがらなかったのだ。ひとつ目の言い分は、パリへ行っても自分は何もすることがない、あそこは若い人のための場所だから、とのことだった。双子の妹マーシーとエラは〝年配者がパリで体験できること〟をグーグルで調べ、爆笑もののアクティビティのリストを見つけてきた。次に、母は着ていくものがないと言い張った――これには自分の服もいくつか新調する必要のあったカリがついでに用意すると申しでた。母は最後に、お父さんがひとりきりで生活できないでしょうと食いさがった。父が、そんなことはないと口をはさみ、たちどころに母を論破した。母は旅行の最終日には帰りたくないと言い、この旅を恒例にすることをみんなに約束させた。

「そうだったの……じゃあ、わたしも荷造りしてくる」

みんながわっと歓声をあげた。カリは階段を駆けあがり、急いでバッグに荷物を詰めると、階段をおりてみんなが待つリムジンへ向かった。飼い犬たちも一緒に乗りこんでいるのを見て、カリは目を丸くした。

「クレイグが連れてきてもいいと言ったのよ」母は言い訳がましく言った。

カリは笑い声をあげた。クレイグはペットに甘いのだ。検疫なしに一緒に旅ができるよう、彼は全部の犬にペットパスポートを取得してくれていた。そんな裏技があることは、少し前にクレイグからパスポートを見せてもらうまでカリは知らなかった。

ジェット機の座席に落ち着いた一家は、興奮しておしゃべりが止まらなかった。乗務員が毛布と枕を配り、お好きな映画を上映しますと声をかけた――エラはクリスマスシーズンにうってつけのコメディ映画、『エルフ～サンタの国からやってきた～』がいいと言って譲らなかった。映画が終わって見まわすと、カリ以外はみんなぐうぐう眠っていた。ずっと気が高ぶっていたから疲れたのだろう。カリもリクライニングシートに身を預けて、深い眠りについた。

ロンドンに到着した一行を待っていたのは、サンタ帽をかぶって滑走路に立つクレイグだった。

「ハッピー・クリスマス！」彼はおりてくるひとりひとりを抱きしめて迎えた。カリは最後にジェット機からおりた。本当は彼に飛びついてキスの雨を降らせたかったけれど、家族に気まずい思いをさせてしまいそうだ。だから頬にキスするだけにして、彼の耳元でささやいた。「よくうちの家族を全員、ここまで引っ張ってこられたわね」

クレイグが体を引いた。「気を悪くしたわけじゃないよね？」

「まさか！　感心したのよ。それにわくわくしているの。すごくうれしいわ、クレイグ」

「よかった」彼は顔を輝かせた。「じゃあ、クリスマスのお祝いへ向かおうか！」

彼らは車三台に分乗した。クレイグはカリとふたりで乗るフェラーリのドアを開けてくれた。〝テレビで観たことがあるけどきれいな車ね〟とカリが一度口にしたことがあり、それ以来、彼は出かけるときは毎回この〝きれいな車〟に乗せてくれる。カリはつい笑ってしまった――いまだに自分はマディソンではホンダ・シビックを運転していて、同じ車でも月とスッポンだ。

彼の両親の屋敷に着くまで、ふたりきりになれるのはうれしかった。人目を盗んで彼にキスをするチャンスだ。クレイグはうっとりするような香りがした――彼女の大好きなコロンをつけてくれたのだ。

あっという間のドライブで、屋敷に着くと彼の両親が外に出てきて勢いよく手を振った。クレイグがうめく。「おかしな夫婦に見えるからやめてくれって言ったのに」

「いい印象を持ってもらいたがっているだけよ。うちの家族と馬が合うといいんだけど」カリは気をもんだ。彼女がロンドンへ遊びに来ているときに、テレビ電話で両家の両親が言葉を交わしたことはあるものの、実際に会うのはこれが初めてだ。

「あなたのお父様がまた偽物の歯をつけているのに、いくら賭ける？」

「つけたくてもつけられないよ。ぼくが隠したからね。今朝はずっと探していたって母が言っていた」

カリは大笑いして車をおりた。クレイグはみんなを紹介したあと、屋敷の中へとせきたてた。「せっかく暖炉に火が入っているのに、こんな寒いところに突っ立っていることはない!」

カリはあらためて屋敷に感嘆した。クリスマスのためにお色直しをしたかのようだ。綱状飾り(ガーランド)、リース、イルミネーション、それに本物そっくりに見える氷柱(つらら)がさまざまなコーナーを飾っている。本物の魔法みたいだ。

中へ入ると、クレイグの母親は、暖炉の前で温まるようにとみんなをせきたてた。マシュマロ入りココアのマグカップを手渡したあと、カートをいくつか押してくる。ひとつにはクッキーが山盛りで、ひと口サイズのサンドイッチなどの軽食がのったワゴンもある。

「あと一時間ほどで夕食だけど、みなさんがおなかを空かせては大変でしょう!」

すぐにカリの母親はいろいろな軽食のレシピを尋ね、クレイグの母親は嬉々としてそれに答えた。カリは夕食までマギーとおしゃべりできるよう、母と一緒にキッチンのお手伝いをすると申しでた。ふたりは信じられないほど仲良しになった——まるでクレイグが賄賂か何かで丸めこんだかのようだ。妹たちでさえここへ来てからは口げんかひとつせず、弟はクレイグの父との会話に夢中になっている。

夕食はとてもおいしく、食後は暖炉を囲んで会話に花を咲かせた。カリはおなかが満たされ、温かく、幸せだった。初めは両家の家族が和気あいあいとしているのにほっとしただけだったが、しばらくすると彼女も緊張感がほぐれ始めた。これぞ昔から夢見てきたものだ――家族で旅行に行き、ただ一緒に過ごす。クレイグは、記憶喪失になった一件よりあとのことは何ひとつ忘れていないらしい。何カ月も前に彼女が口にした夢そのままに、非の打ちどころのない旅行を計画してくれたのだ。

父が製紙工場の火事の話をしている途中で、カリに早めにプレゼントをあげたいとクレイグがささやいてきた。

「みんなと一緒でなければだめだと思うわよ」カリはささやいた。

「誰にも言わなければ？　もう待ちきれないんだ」

クレイグは彼女へのプレゼントをお預けにされるのが苦手なのだ。誕生日であれ記念日であれ、当日まで待ったためしがない。「わかった。みんなには内緒ね」

部屋から抜けだし、クレイグは彼女を上階へ導いた。彼女に目をつぶらせ、いくつもあるゲストルームのドアをひとつ開ける。カリは両手で顔を覆い、くすくす笑わずにはいられなかった。

「いいよ、目を開けて」彼が言った。

目に映ったものにカリは息をのんだ。室内は床から天井まで瑞々（みずみず）しい花で飾られている。くらくらするほどすばらしい芳香だ。彼女の背後では薪（まき）がぱちぱちとはぜて、背中を温めている。床にはバラの花びらがちりばめられていた。そしてクレイグも、彼女の前で片膝をついている。

「カリ――きみといると毎日が人生で最高の日になり、不思議と昨日よりもっとよくなっていく。きみといると毎日が常夏（とこなつ）だ。この世界できみは圧倒的なぼくのお気に入りなんだ。きみのいない人生なんて想像できない。ぼくの妻になってくれないか？」

カリは彼の瞳から初めて視線をそらして、指輪に目を留めた。美しくもシンプルなデザインで、ひと粒だけの石が暖炉の火明かりにきらきら光っている。

「ああ、クレイグ……きれいだわ！」

クレイグは小箱から指輪を取りだし、彼女の指に滑らせた。「それはイエスってことかな？」

カリは笑いだした。「当たり前でしょ！　イエス、イエス、イエスよ！」

クレイグは笑みを浮かべ、勢いよく立ちあがって彼女にキスをした。そのとき入り口から物音がした。クレイグはがっかりした顔でドアをにらみつけてから引き開けた。ドアの後ろでは、両家の面々がしいっと人さし指を立てていた。

カリはぷっと噴きだした。「あらあら、みんなそろって、そんなところで何をしているの？」

「迷子になってね」父が返した。「トイレを探していたんだが」

母は固唾をのんでいる。「いまのって、つまりそういうこと？」

カリは満面の笑みを浮かべて左手を差しだした。

「クレイグ！」彼の母親が後ろのほうで声をあげた。「サプライズ大成功ね！　みんなにとってこれ以上うれしいことはないわ」

「ぼくには母さんという最高のお手本がいるからね」クレイグはウィンクで応じた。

「わたしも最高に幸せです」カリは胸が満たされる感覚を嚙みしめた。「それじゃ、みんなでトイレを探しに行きましょうか？」

一同は大笑いして階下へ向かい、カリとクレイグは手をつないでそれに続いた。

訳者あとがき

凍えるような寒さの夜、真冬のウィスコンシン州マディソンの路上で倒れていた若い男性が病院へ搬送されてきます。男性は所持品を盗まれたらしく、コートや財布はおろか、靴までなくなっていました。幸い、たいしたけがもしておらず、ほどなく目を覚ましますが、自分自身に関する記憶がまったくなく、しかもなぜか話す言葉はきれいなイギリス英語。残っていたマネークリップの刻印から、〝クレイグ〟と呼ばれるようになったこの患者は、病院の外へ出れば記憶も戻るだろうと、勝手に逃げだしてしまいます。

この患者が運ばれてきたときに世話をした看護師のカリは、病院のカフェテリアで余った食事をフードバンクへ届けるボランティアをしていました。集中治療室（ICU）勤務に昇進してまだ日が浅く、仕事のあとでへとへとになりながらも食事を持っていくと、そこで見覚えのある顔を見つけます。

クレイグは記憶が戻らないまま街をさまよったあげく、せめて食べ物にありつこうとフードバンクへたどり着いていたのでした。彼から事情を聞いたカリは、ジレンマに立たされます。実は、自宅の地下室を賃貸物件にしようと改装したばかりで、クレイグがどこへも行く当てがないのなら、そこにしばらく住まわせることは可能です。一方で、彼女はひとり暮らしですし、元患者とひとつ屋根の下で暮らすのは、不適切な行為として病院から咎められる恐れがあります。とはいえ、予報によればその夜も雪が降って氷点下になるらしく、頼れる人も知りあいもいないクレイグを見捨てることもできません。カリは絶対に変なまねはしないようにと釘を刺してから、クレイグのために自宅の地下室を提供します。

さて、このクレイグですが、エレベーターというアメリカ英語も知らず（イギリス英語では〝リフト〟）、携帯電話の使い方は知っていても、洗濯機と乾燥機は区別もつかないなど、なんだか浮世離れしています。しかも彼に声をかけられただけで看護師たちがぽっと顔を赤らめるほどのハンサムなのです。彼自身、そんな女性たちの反応に気がつきますが、ただひとり超然としているのがカリです。カリは家主と間借り人としてふたりの関係にきっちり線を引き、努めて厳しい看護師らしく彼に接します。

彼が家にいることを病院に知られたら首が飛びかねないのですから、用心深くなるのは当然ですが、カリには恋愛をするべきではない個人的な理由があったのです。ところが、クレイグのほうはもともとお気楽な性格らしく、口を開けば冗談ばかり。一見ちぐはぐなふたりの共同生活はいったいどうなるのでしょう。

作者のアメリア・アドラーは七年間ヘルスケアの仕事に従事したのち、長年の夢だった作家への転身を果たし、ワシントン州のサンファン島を舞台とした〈ウェストコット湾シリーズ〉などが大好評を博しています。彼女が紡ぎだすストーリーは親近感を覚える登場人物たちが人気で、本作でもカリが夜勤のシフトのために睡眠時間を調整する描写には、わたしも友人や知人の職業的な苦労話にうんうんと相槌を打っている気分になりました。彼女のモットーは〝どんな人にもハッピーエンドを〟。ファンタジーノベルや女性向けフィクションなど、精力的に創作活動を行なって、罵り言葉や過激なシーンのない、誰もが安心して楽しめる〝クリーン〟な作品を発表しています。

ところで本作では、記憶を失っているクレイグがアメリカ英語ではなくイギリス英語を話すことから〝外国語アクセント症候群〟ではないかと疑われますが、これは実際に報告されている症例で、一度も国外へ出たことがないのに目覚めたらイギリス英語を話すようになっていたというアメリカ人女性のケースなどが知られています。いずれの場合も、けがや発作などで脳に損傷を受けたために話し方の特徴が変わり、それがたまたま外国語風だった、と考えられているそうですが、とあるアメリカの少年は、脳震盪（のうしんとう）後に意識が戻ると流暢（りゅうちょう）なスペイン語をしゃべるようになっていたとか。なんとも不思議な症例です。

それでは記憶喪失の愉快な男性クレイグと、ちょっぴり厳格だけれど心優しいカリの物語をどうぞお楽しみください。

◉訳者紹介　鮎川 由美（あゆかわ　ゆみ）
英国ニューカッスル大学英語教育法修士課程修了。英語講師の仕事を経て翻訳の道に入る。ロマンス小説の翻訳を多数手掛けている。主な訳書に、クレア『ハーレムに堕ちた淑女』『伯爵夫人の秘かな愉しみ』『家庭教師の秘めやかな悦び』、ロバーツ『魔女の眠る森』（以上、扶桑社ロマンス）などがある。

凍った愛がとけるとき

発行日　2023年9月10日　初版第1刷発行

著　者　アメリア・アドラー
訳　者　鮎川 由美

発行者　小池英彦
発行所　株式会社 扶桑社
〒105-8070
東京都港区芝浦 1-1-1　浜松町ビルディング
電話　03-6368-8870（編集）
03-6368-8891（郵便室）
www.fusosha.co.jp

印刷・製本　株式会社広済堂ネクスト

ISBN978-4-594-09469-0 C0197